LA FRANCE PAR SES CONTES

DANS LA MÊME COLLECTION

Carl Aderhold, *Contes du Languedoc*

Hervé Bel, *Contes d'Alsace*

Arnaud Delalande, *Contes de Normandie*

Caroline Hussar, *Contes d'Auvergne*

Anne Icart, *Contes des Pyrénées*

Agnès Michaux, *Contes de la Loire*

Jennifer Richard, *Contes d'outre-mer*

Didier Pourquery

Contes d'Aquitaine

BERNARD GRASSET
PARIS

La France par ses contes, collection dirigée par Françoise Delivet et Denis Gombert

Illustration couverture : © Atelier Mook

ISBN 978-2-246-83993-4

Prenez garde à l'Aquitaine. Elle cache bien son jeu. Sous des dehors tranquilles, certains lieux familiers y renferment de terribles mystères. Pensez: un ogre géant dort sous une dune de Contis dans les Landes. En plein Bordeaux, ville calme, un coin de la rue du Mirail est sous la malédiction d'un monstre venimeux. Juste au nord, autant dire en banlieue, la forteresse de Blanquefort est carrément hantée. Sans oublier les falaises de Lalinde sur la Dordogne, les grottes de Rouffignac, les quais de la Garonne à Agen, une source ici, une fontaine là, une cascade ailleurs... Tous ces lieux que nous fréquentons en passant sont marqués pour toujours de terribles histoires. Il suffit de tendre l'oreille, de gratter une pierre, de tourner les pages d'un ouvrage jauni et surgissent ici une vieille légende, là un conte oublié, ou un mélange de faits historiques et de fabuleuses traces de mythologie universelle. Il faut les saisir avant qu'ils ne s'envolent à jamais, pour les partager, largement. Ces récits, ces lieux, j'ai souhaité les revisiter en me laissant emporter par leur magie discrète.

Ils sont si riches que le narrateur ne saurait s'en tenir bien longtemps à leur seule reprise. Tels ces « standards » de musique populaire américaine qui servent de tremplin aux musiciens de jazz pour leurs improvisations, ces contes ont une ligne mélodico-narrative si belle qu'on veut sans cesse l'explorer plus avant, l'enrichir, la faire durer. Que les puristes se rassurent, j'ai soigneusement veillé à conserver intactes les histoires anciennes d'Aquitaine qu'on se transmet depuis des générations. Mais j'ai pris un malin plaisir à marier plusieurs versions du même standard afin de construire de petits contes choraux, si l'on peut dire, chaque fois autour d'un lieu et d'une atmosphère.

Ces récits ont quelque chose à nous dire parce que – comme tous les contes – ils se déroulent dans un éternel présent. J'ai d'ailleurs choisi de les écrire au présent de narration tant ils se rattachent, même les plus drolatiques d'entre eux, à des mythes qui nous parlent encore aujourd'hui. Et certains, plus que jamais.

Parfois, reconnaissons-le, les symboles se bousculent entre l'ancien et le nouveau. Ainsi du pays d'Albret, au sud-ouest du Lot-et-Garonne, autant dire le cœur de l'Aquitaine. On a décidé d'y implanter en 2021 un parc photovoltaïque de vingt-deux hectares. Non loin d'un petit cromlech, oui, d'un site mégalithe du même genre que le célèbre Stonehenge. Certes, ici, les pierres sont moins imposantes, le site moins spectaculaire, mais il s'agit bien d'un endroit magique, avec ses neuf pierres disposées en cercle. Et, surtout, avec cette énergie si particulière propice à la quête spirituelle des druides, puis des initiés de toute sorte.

Pour s'y rendre aujourd'hui, les guides locaux précisent : *« Empruntez sur cent mètres, à vingt mètres sur votre gauche, le petit chemin entre le parc photovoltaïque et une plantation de pins.* » Ce parcours fléché n'est guère favorable à l'évocation de mystères et de maléfices, mais j'aime à penser que l'énergie solaire captée ici est d'une autre qualité qu'ailleurs. Ne serait-elle pas encore plus verte, cette fée électricité-là ?

Sur le site, en tout cas, il ne reste qu'une des pierres d'origine. Et encore, on n'en est pas certain. Elle est percée d'un trou qui la fait siffler par jour de grand vent – d'où son nom, « la Chioulante » … mais voilà que je commence à vous raconter l'histoire des Pierres du Diable, « Las Naou Peyros », que vous trouverez si vous tournez la page.

Bonne visite dans l'Aquitaine de toujours.

Les neuf Pierres du Diable

(Las Naou Peyros)

Est-ce le son aigu d'une des neuf pierres du vieux cromlech, celle percée d'un trou, qui a attiré José ? Le jeune berger de Sos-en-Albret, qui fait paître ses brebis dans les bois environnants, a décidé de pousser jusque-là. L'endroit est calme et José aime s'y reposer. Dans le cercle formé par les pierres, nul arbre n'a jamais poussé. Il sait, par sa mère qui le lui a raconté, que les druides des temps anciens y faisaient des sacrifices de taureaux blancs et de génisses. Il sait aussi qu'un trésor – celui des mêmes druides aux serpes d'or – s'y cacherait, convoité par les gens d'autrefois…

—Mais personne n'osait s'approcher de l'endroit, précisait la mère de José. Car il était soi-disant gardé par un serpent – un serpent énorme, tout blanc, avec une grande langue fourchue qui lui permettait de siffler si fort que son sifflement vous glaçait le sang des mètres à la ronde.

José ouvrait de grands yeux, et sa maman le rassurait en éclatant d'un bon rire.

—Maintenant, chacun sait qu'en fait de serpent, ce bruit venait des sons de la pierre percée, qu'on appelle la Chioulante. Elle siffle quand le vent souffle dedans... L'histoire du serpent, c'était une légende. Aujourd'hui tout le monde, sauf nous, l'a oubliée.

Mais pas l'histoire du trésor des druides, pense José, en contemplant le cercle où il se prélasse en ce bel après-midi d'été, juste avant le solstice. Et, raisonne-t-il, puisqu'il y a un cercle (un ovale, en fait, mais bon, c'est presque pareil, estime José), il y a forcément des sorcières qui parfois doivent s'y rassembler. Des sabbats. Cette idée ne lui plaît pas trop.

José rêvasse à tout cela, la tête calée contre sa musette. Au bout d'un moment, il joue un peu de son flutiau pour se changer les idées. Les vieux airs de son grand-père, pâtre comme lui, sont gais et entêtants. Allons, ces histoires n'ont ni queue ni tête. Peu à peu, il s'assoupit, tombe dans un profond sommeil, et se réveille à la nuit tombante. Alors qu'il se lève pour rassembler son troupeau, il entend des ricanements grinçants se mêlant à des voix de femmes et de jeunes filles. Et si c'étaient les sorcières ? Et si elles venaient dans sa direction ?

Éloignant au plus vite ses brebis, le jeune berger a à peine le temps de se pelotonner dans un fourré qu'il voit arriver une douzaine de femmes vêtues de noir portant de grands sacs et un chaudron de belle taille.

Sans traîner, elles pénètrent dans le centre du cercle, allument un feu et y installent le chaudron dans lequel elles jettent pêle-mêle des salamandres, des mulots noirs, des taupes grises, un serpent aussi, tout blanc. Le tout arrosé de sauces et garni d'herbes.

Dans son fourré, José n'en mène pas large. D'autant qu'une des sorcières, la plus jolie rousse qu'on ait jamais vue, ma foi, est passée tout près de lui pour rassembler des fagots à brûler. Et ces femmes, constate-t-il, n'ont ni nez crochu ni bouche édentée. Elles semblent même avenantes et assez semblables à celles qu'il croise le dimanche devant l'église de Notre-Dame de Cieuse quand il se rend au marché.

Soudain, elles ôtent leurs vêtements, puis forment une ronde en psalmodiant des incantations dans une langue que José n'a jamais entendue. Là, on est loin de Notre-Dame de Cieuse ! José se signe plusieurs fois tout en observant, fasciné, le spectacle de cette douzaine de femmes au corps nu et blanc agité par une danse parfois folle, parfois lascive…

Lorsque la ronde s'achève, elles lèvent toutes les mains au ciel et invoquent Belzébuth, encore et encore et encore… Leur prière s'achève dans un râle de plaisir.

Puis, celle qui a frôlé José avec ses fagots lance aux autres :

— Mes amies, je sens comme une odeur de jeune homme, ne la reniflez-vous pas, vous aussi ?

Les sorcières se mettent à humer l'air.

— Certes, certes, murmurent-elles en hochant la tête, avant de jeter des coups d'œil au-delà du cercle ovale.

José, vous vous en doutez, tremble de peur et claque des dents. Si seulement il pouvait s'enfoncer dans le sol… Mais la jeune sorcière rousse saisit un flambeau et entraîne ses consœurs vers le fourré où elle ne tarde pas à découvrir sa cachette.

— Voilà un bien joli petit berger ! s'exclame la plus vieille d'entre elles. Je me demande ce qu'il aurait à nous offrir en échange de son indiscrétion. Tu sais, petit pâtre, c'est mal de regarder des femmes nues quand on n'est pas convié à le faire.

— Mais, mais… je n'ai rien vu, je vous le jure, se défend José.

— Mais, mais… le voilà qui bêle comme ses brebis, celui-là, rétorque la plus grosse sorcière de la compagnie. Tu n'as rien vu ? Vraiment ? Eh bien, maintenant, tu nous vois !

Et les sorcières se jettent sur le pauvre berger en s'esclaffant. Elles ont tôt fait de le maîtriser. Puis elles le traînent jusqu'au centre du cercle et le ligotent sur la plus basse des pierres, celle qui devait, au temps des druides, servir aux sacrifices. Bâillonné par un chiffon, José ne peut pas crier. S'approchant de lui, la jeune sorcière rousse ôte son bâillon, lui relève la tête et l'oblige à embrasser un calice d'or à la croix retournée avant de lui faire ingurgiter un élixir au goût amer.

—Cette potion, lui murmure-t-elle à l'oreille, fera de toi le plus vaillant de tous les mâles du pays d'Albret. Joli pâtre, ton flutiau va toutes nous faire danser.

À peine José a-t-il avalé la potion qu'il se trouve, disons, fort à l'étroit dans ce qui lui sert de pantalon. La jeune sorcière rousse et l'une de ses comparses, fort belle également, le dépouillent de ses vêtements.

Les douze harpies abusent ainsi du jeune José toute la nuit, sans trêve ni repos, tandis que la forêt retentit de cris d'extase. Tant et si bien qu'à l'aube, alors que les sorcières ont disparu après l'avoir détaché de sa pierre, il rend son dernier soupir, vidé de toute force.

Durant la matinée, un autre berger venu chercher son troupeau le découvre ainsi, nu comme un ver et couché sur le ventre au milieu de ses brebis. Lorsqu'il le retourne, il pousse un cri d'horreur et galope à toutes jambes vers le village pour avertir de ce qu'il a vu : le visage de José rendu méconnaissable, vidé, ridé, ruiné. Comme si, en une nuit, il avait vieilli de soixante ans.

Retournés avec lui au cercle des neuf pierres, les villageois ne trouvent que la peau et les os du pauvre José dont le corps se désagrège déjà. À grand-peine, ils fourrent dans un sac la dépouille désarticulée.

José, ou plutôt ce qu'il en reste, est enterré dans sa musette, avec son flutiau. Cela fait une toute petite sépulture. Comme celle d'un enfant.

Et c'est ainsi que les neuf Pierres du pays d'Albret ont gardé dans la mémoire des anciens leur réputation sulfureuse. Bien après le serpent gardant en sifflant le trésor des druides, les sorcières ont fait résonner leurs cris mélangés aux notes épuisées du flutiau du pâtre. Cela fait froid dans le dos.

Le coulobre de Lalinde

Il existe dans les falaises du Limousin et sur les bords de la Dordogne des sortes de petites grottes que l'on nomme cluzeaux. Leur histoire est très ancienne. On dit que les habitants s'y cachaient lors des grandes invasions, et y mettaient leur nourriture à l'abri. D'autres prétendent qu'on y enfermait les esprits des morts pour leur rendre hommage. Pourtant, un de ces cluzeaux semble ne correspondre à aucun de ces deux usages. On le trouve du côté de Lalinde, sur les berges du fleuve, et les gens de là-bas le nomment « le trou du coulobre ». Ce cluzeau-là, d'ailleurs, était peut-être au départ un refuge de druides ; quoi qu'il en soit, fût-ce à la place de ces doctes barbus, le coulobre y avait fait son nid.

Pour le malheur de la région.

Curieuse histoire, en vérité, que celle de ce serpent monstrueux – en gascon, *coulobre* signifie couleuvre. Tapi dans son trou de falaise, au sud de Lalinde, le monstre s'amuse à attaquer les aimables péniches à voile, les solides gabarres fluviales, et à tuer leurs marins. C'est un reptile si grand qu'il peut aller boire dans la rivière sans sortir la queue de sa cachette. Les habitants de Lalinde tentent de l'amadouer en lui offrant, au moyen d'un panier suspendu à une corde, toutes sortes de canards et d'oies. Vous pouvez être sûrs que, dès le lendemain, toutes les volailles ont été avalées. Certains prétendent qu'ensuite, ils entendent les ronflements de la bête repue, car le coulobre est surtout bien paresseux, et aussi dormeur que la couleuvre. Mais, si ces offrandes calment un temps sa fureur, la trêve ne dure jamais longtemps et l'on entend de nouveau, au passage d'une gabarre, les hurlements des marins assaillis et les craquements de la coque en train de se briser sous les assauts du monstre.

Un dimanche, excédé, le curé de Lalinde, du haut de la chaire de sainte-Colombe, demande à ses paroissiens de prier le bon saint Front afin qu'il débarrasse le fleuve de cette calamité. En effet, du passage des gabarres sur la Dordogne dépendent le trafic commercial et la prospérité de la région. Ces navires transportent des tonneaux de vin, des sacs de céréales ou de châtaignes, du bois et tous autres matériaux indispensables, de Bergerac à Bordeaux, d'Argentat à Libourne. Le monstre provoque trop de dégâts, il faut que cela cesse.

Qui mieux que saint Front peut en venir à bout ?

Bien qu'en dehors du Périgord ce saint-là ne soit pas le plus connu, les différentes hagiographies le décrivent comme un fier gaillard, savant, robuste et entreprenant. Envoyé de Rome pour évangéliser le Périgord, Frontus fonda l'église de Périgueux, après avoir beaucoup voyagé, notamment en Égypte, pays qui, on le sait, regorge de dangers de toute sorte. Tout à fait l'homme de la situation.

Lalinde, donc, prie et attend un miracle du bon saint Front. Mais le temps passe et rien de notable n'advient. Les marins continuent de trembler quand ils passent sous le cluzeau maudit. Qu'il est sinistre, ce morceau de rivière ! Ici, nul chant, nulle plaisanterie ou apostrophe dont raffolent habituellement les bateliers. C'est bien simple, à part le bruit des flots, rien ne trouble le silence du lieu. Même les oiseaux qui volent dans le coin se taisent, effrayés.

Mais qu'attend donc le saint pour agir ? Les esprits forts et volontiers rebelles parmi les paroissiens commencent à marmonner contre le curé, contre le saint, et même contre le bon Dieu, qui les a laissé tomber. Le curé, du haut de sa chaire, calme vite ces bruits de révolte et ordonne à ses ouailles de prier de plus belle.

Sans effet. La maudite bête continue de faire valser les bateaux et d'occire les marins. Elle leur tombe dessus, tel un diable sortant de sa boîte. Certains jurent qu'elle n'est ni plus ni moins qu'un dragon. Le soir, à la veillée, on ne parle plus que de ses tristes exploits. On en vient même à affirmer, parce qu'on ne retrouve des marins que quelques ossements, que le coulobre avale tout cru ses victimes. L'ambiance est bien sombre à Lalinde.

Quelque temps plus tard, un petit homme tout gris arrive au village, à pied, par la très ancienne route romaine qui vient de l'est.

Trapu, la barbe poivre et sel, vêtu d'un costume informe, il s'installe à un coin de la table commune et commande du vin. Interrogé par l'aubergiste, il explique dans le patois rocailleux des montagnes d'Auvergne qu'il connaissait des bateliers qui ont péri là, juste en face. Du doigt, il désigne les eaux de la rivière.

— Je me nomme Frontonis, ajoute-t-il en buvant son vin, mais chez moi on m'appelle Front.

L'aubergiste lui offre le gîte et l'hospitalité, mais l'homme décline, prétendant savoir où passer la nuit. Et disparaît.

Les jours suivants, on le voit se promener tranquillement sur la falaise. Il semble observer la rivière depuis là-haut. Parfois, il s'aventure plus près de l'endroit où dort le coulobre. Les gamins du village, envoyés en observation, car ici comme ailleurs un étranger suscite la curiosité, soutiennent qu'il vit dans le bois de châtaigniers proche de l'église

Sainte-Colombe. Si sa présence provoque pas mal de rumeurs, son aspect défraîchi et sa petite taille n'impressionnent personne. Encore un vagabond, se dit-on, qu'on verra un jour ou l'autre quémander du travail pour un bol de soupe.

Et puis, un jour d'août, dans le calme d'une fin d'après-midi, on entend s'élever depuis la rivière des chants joyeux et des éclats de rire. Une gabarre venant d'Argentat, chargée de châtaignes et de tonneaux vides qu'on remplira à Bergerac, passe sous les falaises. À son bord, les marins, tous de jeunes hommes, se voient déjà profiter des auberges sises à l'aval et des filles de Bordeaux. Ils font un raffut de tous les diables. Les inconscients. Affolés, les villageois se précipitent au bord de la Dordogne pour les avertir du danger.

Soudain, dans un grand mugissement – couvrant même le bruit des flots de la rivière –, le coulobre, furieux d'être réveillé en sursaut, s'abat sur la joyeuse gabarre. Sous le poids de la bête, la coque cède dans un craquement sinistre. S'ensuit un massacre aussi bref que violent. Le mât effondré, les bateliers à l'eau, un bouillonnement confus de reptile et de bois. Des cris, surtout, horribles, des hurlements de douleur, des membres arrachés et des cordages en tous sens étranglant les marins.

Bien à l'abri des rochers, les villageois n'en mènent pas large. Abasourdis, ils fixent l'eau, qui se calme peu à peu, laissant filer les reliefs du repas du monstre. Quelle misère, tous ces jeunes hommes…

C'est alors, au moment où le coulobre rassasié regagne son trou, qu'ils voient apparaître en haut de la falaise la silhouette ébouriffée de Front l'Auvergnat. Que tient-il dans sa main ? Certains jurent que c'est un grand crucifix étincelant, d'autres une épée chauffée à blanc. Les témoignages divergent sur ce point. Tous cependant s'accordent sur le fait que l'étranger utilise cet objet comme levier pour décoller une grosse pierre, qui tombe sur le trou du coulobre, en obstruant l'accès. Sitôt fait, le petit homme descend le long de la falaise avec l'agilité d'une araignée et pénètre, par une anfractuosité de la roche, dans le cluzeau du monstre.

Que se passa-t-il à l'intérieur ? Nul ne le saura jamais. En revanche, tous entendirent les rugissements et virent les éclairs sortir de la roche. Puis, au bout de quelques minutes, la chute de la pierre qui obstruait le cluzeau, suivie par l'immense corps du monstre. En tombant dans l'eau, celui-ci creusa profondément le lit de la rivière. Ainsi apparut le saut de la Gratusse, un lieu particulièrement redouté des marins qui, plus tard, emprunteraient la rivière. Quant à la bête, elle disparut à tout jamais dans les flots.

On ne retrouva aucune trace du petit homme gris, mais le curé gagea qu'il s'agissait de saint Front, à n'en pas douter. On lui consacra, en face de Lalinde, à Couze-et-Saint-Front, une chapelle que l'on baptisa Saint-Front-de-Colubry. Aujourd'hui encore, vous pouvez la visiter.

L'homme qui n'avait pas peur

Cette histoire commence aux confins de la Dordogne et du Lot, dans une pauvre ferme où vit la mère de deux beaux gaillards, Jules et Julien.

Le plus jeune, Julien, vient de se marier avec la fille d'un meunier qui lui a apporté une belle dot. La mère voudrait que son autre fils, Jules, prenne une épouse, mais celui-ci s'y refuse, pour une drôle de raison. Ce n'est pas qu'il est contrefait, le Jules, loin de là. Mais ce grand jeune homme, têtu comme une mule, a juré à la Sainte-Vierge de ne pas se marier avant d'avoir eu peur.

Souvent Jules sanglote dans les jupes de sa mère en rabâchant :

—Je ne suis pas normal, ma petite maman ! Il me manque quelque chose : rien ne m'effraye, tout glisse sur moi comme sur les plumes d'un canard, sans me surprendre ou me troubler. Je ne peux pas me marier tant que je suis ainsi, aucune femme ne mérite un tel homme, insensible à tout.

Du fait de cette particularité, Jules a eu une enfance difficile. On l'a vu traverser ses premières années sans paraître craindre quoi que ce soit, indifférent au monde qui l'entourait. Les menaces des autres garçons, les punitions de son pauvre père, mort écrasé par un éboulement dans une grotte, les cris des bêtes la nuit, rien n'a eu de prise sur lui. Il haussait les épaules et passait son chemin. Cependant, si on lui cherchait trop querelle, il se défendait sans faiblir, même face à un plus grand que lui.

Sous ses dehors placides, Jules est finalement assez violent, mais sans arrogance... De nos jours, on le dirait zen et il serait sans doute professeur d'art martial. Mais à l'époque on connaissait mal la sagesse orientale.

Bref, sa mère aimerait bien qu'il quitte la pauvre ferme pour profiter du peu qu'elle a.

Elle imagine donc, avec la complicité de son fils cadet, une façon de lui faire peur une bonne fois pour toutes.

Elle demande à Julien de se déguiser en fantôme en se couvrant d'un grand linceul et de se poster près du puits pour surgir devant son frère une lanterne à la main, ce qui, en général, de nuit, produit un effet saisissant.

Le soir venu, elle envoie Jules chercher de l'eau.

Il revient au bout de quelques minutes et pose le seau sur l'évier, affichant son air habituel.

— Merci, mon fils, dit la mère. Tu as fait vite.

— Oui, il ne fait pas chaud ce soir. Quelle idée de m'envoyer au puits à cette heure.

— Et… tout s'est bien passé ? Tu n'as rien vu ?

— Bah non, rien, il faisait noir.

— Rien de rien ?

— Rien… enfin si, un bout de drap qui bougeait près d'une lanterne. J'y ai fichu des coups de seau parce qu'il m'empêchait de passer.

— Oh ! mon Dieu ! qu'as-tu fait, malheureux !

La mère se précipite dehors et découvre sous le linceul son Julien, crâne fracassé, baignant dans son sang. Jules n'y a pas été de main morte avec le gros seau de bois. Un vrai massacre.

Quand il découvre son frère ainsi, Jules reste muet, les bras ballants, décomposé. La mère réfléchit vite :

— Tu ne peux pas rester ici, constate-t-elle. Les soldats de la Maréchaussée vont te mettre en prison et tu seras condamné à mort. Et moi, je n'aurai plus de fils. Prends un baluchon et sauve-toi sans attendre !

Jules, sous le choc, prend son bâton ferré, une miche de pain, un demi-jambon, du fromage et sa chopine. Puis, sur le seuil, il embrasse sa mère en pleurs. Avant de le laisser partir, elle lui confie une petite bouteille d'eau bénite – on ne sait jamais – et le chapelet de sa grand-mère, en lui recommandant de faire ses prières chaque soir et de demander au Ciel le pardon pour ce qu'il a fait.

Jules s'enfonce dans la nuit, sans se retourner, laissant sa mère se débrouiller avec la sale besogne et les ennuis administratifs.

Il marche vers l'est, à grandes enjambées ; il suit d'abord la rivière vers la montagne, se cache, court un peu, marche encore. De temps à autre, il s'arrête pour manger et se reposer, mais repart bien vite pour ne pas trop réfléchir à sa vie brisée. Un fugitif qui ne pense qu'à avancer le plus loin possible, sans oublier de lancer un *Ave* et un *Pater* chaque soir vers le Ciel, mais en rappelant quand même au Bon Dieu que le crime qu'il a commis n'est pas vraiment de sa faute.

Au bout de trois jours, il pique vers le sud, dans les bois, où il se perd, parce qu'on se perd souvent dans les bois. Alors que le soleil se couche, il fait ce que l'on fait dans ces cas-là : il avise un grand chêne et grimpe à son sommet afin de chercher une lumière alentour. Il en voit une, pas trop loin. Coup de chance.

La lueur vient d'une pauvre masure, très pauvre, tout au plus une cabane. Jules frappe à la porte et demande l'hospitalité au vieux qui lui ouvre.

—Ce serait avec plaisir, mais regardez notre maison, elle est minuscule et il n'y a qu'un lit pour ma femme et moi. Comme je n'ai ni vache ni mouton, je n'ai même pas d'étable.

—Vous ne sauriez pas où je pourrais passer la nuit ? insiste Jules.

—Oh, il y a bien un vieux château, là-bas, mais pour y aller il faut s'armer de courage, ou être bien inconscient. On dit qu'il est hanté. Nul n'en est jamais ressorti vivant.

—Ne vous en faites pas, grogne Jules, je me débrouillerai bien.

Le vieux lui indique alors le chemin de la demeure du seigneur des lieux. Julien se perd un peu – encore –, car les indications du vieux ne sont pas claires et que la nuit est sombre, mais il finit quand même par arriver devant la grille d'un château, assez neuf, ma foi, et d'où émanent de belles lumières. Épuisé, il frappe à la porte et à nouveau demande l'hospitalité. Jules écoute d'un air blasé les mises en garde du gardien, qui, tout en lui tendant les clefs, coasse que le château est hanté, maudit…

—Enfin, si vous voulez y aller quand même, c'est juste là. Vous prenez ce chemin, en face, et vous arriverez au château vieux. Mais vous ne devriez pas.

Jules n'est pas étonné de se retrouver devant une bâtisse sinistre, toute noire, recouverte de lierre et d'ampélopsis. Il ouvre la porte du côté de l'office, allume son briquet et se dirige vers la cheminée. Il y a là deux ou trois bûches entoilées d'araignées. Il retourne dans le jardin couper quelques branches de laurier et, sans attendre, se fait un bon feu. Il trouve même trois grosses chandelles qu'il allume.

À présent, il peut contempler son refuge pour la nuit.

Les lieux sont poussiéreux, certes, mais moins qu'il l'aurait imaginé. Cette demeure vide et inhospitalière paraît d'une certaine manière habitée. D'ailleurs, alors que le feu se met à ronfler, Jules entend distinctement des craquements, provenant d'un peu partout. Attrapant une chandelle, il part explorer la demeure. Bel endroit, en vérité, vaste et richement meublé. Mais le jeune homme ne trouve rien qui puisse expliquer ces bruits étranges, ni dans les chambres ni dans les couloirs. Partout, des velours, des soieries, des miroirs ; pas la moindre trace d'un fantôme. Pourtant, les craquements continuent de plus belle.

Sans y prêter autrement attention, il s'avise qu'il a une faim de loup. Revenu à l'office, il ouvre sa musette et sort le lapin qu'il a piégé plus tôt dans la journée.

Tandis qu'il prépare la bête, il entend, venant du conduit de la cheminée, comme des claquements de socques et une voix étouffée qui ulule :

— Voilà bien un inconscient ! Tant de folie, les bras m'en tombent !

— Eh bien, qu'ils tombent, ronchonne Jules sans s'émouvoir outre mesure.

Deux longs bras squelettiques choient, dans un grand bruit d'os, sur le bord de l'âtre. Jules, qui n'a pas envie d'être indisposé par l'odeur d'os grillés, les attrape et les jette dans un coin de la cuisine, sous la grande table.

—Ah ! ah ! ah ! Quel idiot ! reprend la voix dans un grand rire maléfique, j'en perds mes côtes.

—Eh bien perds-les, murmure Jules.

Et toute une ribambelle de côtes de tomber dans l'âtre, qui vont rejoindre les bras sous la table.

Puis la voix déclare avoir l'estomac dans les talons, s'en tape les cuisses, perd la tête, et peu à peu c'est tout le corps qui se disloque et que Jules empile sous la table en un sinistre puzzle, tout en continuant, imperturbable, de préparer son lapin. Au moment où il embroche la bête, il s'aperçoit que quelqu'un l'observe derrière la fenêtre de l'office. Une tête énorme et pustuleuse à souhait.

Allant ouvrir la porte, il se trouve face à un homme à la taille impressionnante, tout de rouge habillé, qui le regarde d'un drôle d'air. À la fois étonné et hautain.

—Pourrais-je entrer me réchauffer, jeune homme ? lui demande le colosse d'une voix d'outre-tombe.

—Certes, répond Jules, intrigué par le personnage, je n'aurais rien contre un peu de compagnie. Entrez donc, j'étais en train de préparer un lapin, nous le partagerons.

L'homme se baisse pour passer la porte en remerciant son hôte comme il se doit.

Ils mangent de bon appétit, jusqu'au moment où Jules sent, du bout du pied, que les os sous la table se mettent à bouger. Le squelette comme par sortilège se reconstitue. Jules flaire quelque chose de louche. Le géant, lui, semble ne pas s'en apercevoir et fait la conversation comme si de rien n'était.

Leurs assiettes vidées, il sort un jeu de cartes et propose un piquet. Ils se mettent à jouer mais, alors que le visiteur prend deux cartes dans le talon, il en fait tomber une sous la table.

— Elle est tombée de votre côté, dit-il à Jules, pourriez-vous me la ramasser, s'il vous plaît ?

— Sûrement pas, je risquerais de la voir, faites-le donc, vous ! dit Jules en flairant le piège, car les os sous la table bougent toujours.

Et tandis que l'homme penche sa grande carcasse, Jules saute à côté de lui, saisit le gros tisonnier de l'âtre et maintient de toute sa force la tête du géant sous la table.

— En voici assez ! crie le jeune homme, vous me prenez pour un idiot, cette maison est piégée et vous le savez. Je ne suis pas un benêt, vous habitez ici, grand pendard, j'en suis certain. Eh bien, vous allez me conduire dans les pièces cachées pour que j'en aie le cœur net ! Sinon, je vous assomme avec ce tisonnier comme je vais le faire avec ce squelette maudit.

Et sans attendre, d'un coup ferme, il fracasse le squelette qui était en train de sortir en rampant de dessous la table.

Le géant, la tête toujours maintenue sous la table par la solide poigne du jeune homme, grogne :

— C'est entendu, je vais vous conduire. Mais lâchez-moi, vous ne savez pas à qui vous avez affaire.

— Je crois bien que si, rétorque Jules, et j'ai dans ma poche une bouteille d'eau bénite et un chapelet qui pourraient sans doute vous faire grand mal !

— Maudit paysan, grommelle le géant.

Il se lève en se frottant le cou et se dirige vers une porte en fer, qui s'ouvre d'un coup et découvre un escalier obscur. Le géant fait signe au jeune homme de s'y introduire, mais le prudent Jules, toujours armé de son tisonnier, lui intime de passer devant.

Les voilà qui s'enfoncent sous le sol. Jules remarque autour des marches une étrange lumière rouge qui semble venir de partout et de nulle part à la fois. La chaleur devient suffocante mais le géant continue de descendre. Apparaît un palier donnant sur une porte d'or dotée d'un énorme verrou.

Le géant actionne le loquet. La porte pivote en grinçant, laissant jaillir une lumière écarlate. Puis le géant se poste dans l'embrasure et, fort élégamment, invite Jules à découvrir ce qui s'y trouve.

La salle est couverte de piles d'or et regorge de coffres emplis de pierreries. C'est un trésor gigantesque sur lequel veillent deux horribles créatures du Diable. Deux sortes de chiens de l'Enfer aux yeux de rubis, qui font leur ronde au milieu d'un tas d'ossements, certainement ceux des malheureux qui se sont risqués jusqu'ici et n'en sont jamais repartis.

Percevant l'imminence du danger, Jules pousse le géant dans la pièce tout y jetant sa bouteille d'eau bénite. Celle-ci se brise. Les trois êtres diaboliques hurlent. Jules claque la porte et pousse le verrou brûlant à l'aide de son tisonnier, puis il remonte les marches quatre à quatre et regagne la cuisine.

Épuisé, il prend une chandelle et va s'allonger sur le premier lit venu. Il s'assoupit immédiatement et dort comme un bienheureux : sa meilleure nuit depuis qu'il a quitté la pauvre ferme de sa mère. Pensez : un vrai matelas et un bon oreiller. Quelle aubaine !

Le lendemain matin, alors qu'il finit son ultime quignon de pain avec son dernier bout de fromage, il reçoit une nouvelle visite. Le seigneur propriétaire du château vient voir si le voyageur dont le gardien lui a parlé est encore en vie.

Il frappe à la porte, se présente, et trouve Jules plutôt de bonne humeur.

— Rien ne vaut une bonne nuit de sommeil, lui explique le jeune homme, et j'avoue que j'en avais besoin. J'ai fait une longue route ces derniers jours.

Le seigneur s'enquiert de la manière dont s'est passée sa soirée. Jules lui raconte la visite de l'homme en rouge, la partie de cartes et la visite des profondeurs du château. Il lui montre aussi, sous la table, les quelques ossements brisés, témoins étranges de son histoire.

— C'était donc ça, soupire le seigneur en hochant la tête. Le trésor de mes aïeux est entre les mains du Démon... Vous voyez, jeune homme, pour une raison qu'il ne m'a jamais révélée, mon père avait décidé de quitter la demeure ancestrale où vous avez passé la nuit et de faire construire non loin celle où nous vivons aujourd'hui. Depuis lors, chaque visiteur, voyageur ou vagabond qui a passé cette porte n'en est jamais ressorti. Nous avions abandonné l'idée d'y revenir, jusqu'à votre venue.

Ce disant, il observe Jules des pieds à la tête. Il est en présence d'un solide gaillard qui n'a pas froid aux yeux. Un homme comme lui, se dit-il, serait parfait pour sa dernière fille, une timide qui ne sort pas de sa chambre et qui a peur de tout.

Sans perdre une minute, il l'invite donc chez lui, où il sera mieux installé, loin de cette bâtisse poussiéreuse.

Jules, tout étonné, se retrouve ainsi le jour même à déjeuner chez le seigneur, en compagnie de sa femme et de leur fille Justine. Une ravissante personne qui s'avère fort savante et modeste. Elle ne parle guère, mais lui lance des regards par en dessous plutôt éloquents.

Au cours du repas, son hôte demande à Jules s'il est marié. Ce dernier explique la malédiction qui l'accable et la promesse qu'il a faite à la Vierge Marie de ne pas se marier avant d'avoir eu peur.

— Ne rien craindre est une grande faiblesse. Je ne le souhaite à personne.

— Craindre tout est bien difficile aussi, murmure la jeune Justine.

Une fois la table desservie, tandis que les deux jeunes gens poursuivent sur le balcon leur conversation au sujet de cette question épineuse, le seigneur et son épouse se concertent.

Oui, ce jeune paysan est à la fois charmant et courageux, même s'il manque d'éducation et ne sait pas tenir une fourchette. Il serait parfait pour Justine. Mais comment lui faire peur pour le délivrer de son sort ?

— Je crois que j'ai une idée, glisse la châtelaine. Organisons un grand dîner au plus tôt et je me charge du menu.

Trois jours plus tard, Jules prend place devant une magnifique table couverte de somptueuses argenteries et de fabuleux verres en cristal. Face à lui, tous les nobles de la région. Le seigneur lui a prêté un élégant costume qui lui va, ma foi, très bien, et fait saillir ses muscles. La jeune fille qui se tient à ses côtés le trouve décidément fort à son goût.

Jules comprend qu'il doit bien se tenir pour faire honneur à ses hôtes. Il observe ce que font les convives et calque chaque geste sur les leurs. Concentré sur cette tâche (*Si ma mère me voyait*, songe-t-il, *elle serait fière de moi, la pauvre femme*), il parvient tant bien que mal à grignoter un morceau de pâté par-ci, un bout de saucisse par-là, lorsque les majordomes présentent à chaque convive le mets préparé avec soin par la maîtresse de maison : des vols-au-vent farcis de pigeons du domaine.

Chacun la félicite et hume avec gourmandise les tourtes au fumet délicieux. Après les compliments, on passe à la dégustation. On enlève délicatement le petit chapeau de pâte qui clôt le bel édifice feuilleté pour piocher dans la sauce les morceaux de volatile.

Jules observe et fait de même… mais, à peine le chapeau enlevé, c'est un pigeon vivant qui sort du gâteau dans un grand bruissement d'ailes, provoquant un cri aigu de Justine.

Lui-même porte la main à la bouche en jurant :

— *Oh, miladiou !*

— Ah, remarque la maîtresse de maison, ravie, au milieu des rires bienveillants de l'assemblée, avouez que vous avez eu peur, sieur Jules.

— Oui, madame, une peur bleue, répond-il, cramoisi et encore sous le coup de sa frayeur.

— Parfait, intervient le seigneur en se levant, voici votre vœu à la Vierge exaucé et cette affaire réglée. Il est temps de vous dévoiler à tous l'objet de ce dîner. Je crois que nous avons ici notre futur gendre. N'est-ce pas, mon cher Jules ?

— Bien volontiers, monseigneur, soupire le jeune enamouré en glissant un regard vers sa promise.

Justine cherche à essuyer la tache de sauce qu'elle a faite sur sa robe en sursautant. Relevant la tête, elle répond :

— Rien ne saurait me faire plus plaisir.

— Tout est donc pour le mieux dans le meilleur des mondes ! s'exclame le seigneur. Vous avez droit à un vol-au-vent bien garni pour votre peine. Quant à la dot de ma fille, ma foi, ce sera le château où vous avez passé la nuit, et tout ce qu'il contient. Si vous avez gardé un peu de votre vaillance, vous devriez vous en accommoder, n'est-ce pas ?

Le basilic de la rue du Mirail

Quand j'étais en terminale au lycée Montaigne, en 1970, mes copains et moi ne fréquentions pas le Café des Arts, comme les autres. Nous avions nos habitudes au bout de l'antique rue du Mirail, celle qui longe le lycée, dans un troquet dont j'ai oublié le nom et que fréquentaient les étudiants en médecine de la fac voisine.

Au fond du bistrot, près de la porte des toilettes, un vieux poivrot soliloquait, ce qui nous plaisait beaucoup. Il racontait souvent la même histoire autour du « Basilic du puits », point d'eau qui se trouvait, au Moyen Âge, sur la petite place du bout de la rue, entre la rue des Augustins et la rue Gratiolet. Le vieux radotait, le basilic par-ci, le basilic par-là… et remets-moi ça.

Au début, j'imaginais un bouquet d'herbes aromatiques posé sur une margelle, mais il n'en était rien. Le poivrot parlait d'un monstre. En rigolant à moitié, il nous disait, quand on lançait un regard dans sa direction : « Eh bé, morpion, quesse tu regardes ? Tu m'as jamais vu ? Fais gaffe, je connais le sort du basilic, si tu me zyeutes je te rends aveugle, pfft, comme ça. » Il ricanait en tirant sur sa cigarette papier maïs puis, reprenant une gorgée de blanc, il ruminait : « N'empêche… tu te penchais au-dessus… le basilic, pffiou ! Tu canais… Recta. »

Nous autres lycéens, pas bien malins, à force de l'entendre rabâcher ainsi, nous l'avions surnommé le pistou.

Des années plus tard, j'ai voulu en savoir plus sur le monstre du pistou. Voici ce que j'ai trouvé.

Un jour, au Moyen Âge, une vieille s'en va tirer de l'eau au puits de la rue du Mirail, en plein midi. Alors qu'elle se penche pardessus la margelle pour accrocher son seau à la chaîne, elle aperçoit deux points rouges près du bord, au-dessus de l'eau. Intriguée, elle se penche un peu plus. On dirait deux petites braises luisant dans l'ombre. Ce coin de rue est sombre, le soleil n'y pénètre pas souvent. La vieille curieuse fixe ces brandons en se penchant encore davantage. Et soudain, une voisine qui passe la voit tomber dans le trou béant, sans un cri. On n'entend qu'un grand plouf et seul le seau balançant la chaîne semble se souvenir qu'il y avait là quelqu'un deux secondes plus tôt.

La voisine se précipite en hurlant. Ses sabots claquent sur les pavés. Deux portefaix venant des quais accourent, alertés par ses cris. Ils remontent le corps de la vieille femme. Elle ne pèse rien, mais, quand ils la retournent, les deux costauds reculent d'effroi : son visage est tordu d'horreur et ses yeux révulsés semblent avoir vu le Diable lui-même.

La voisine raconte l'histoire partout dans le quartier, en insistant bien sur l'expression d'épouvante qui tordait la face de la noyée. On recommande aux jeunes filles qui vont tirer de l'eau de ne pas se pencher, précaution que la plupart accueillent d'un haussement d'épaules, car la jeunesse d'alors comme celle de maintenant se moque des conseils des anciens.

Quelque temps plus tard, alors que la mésaventure de la vieille commence à tomber dans l'oubli, un cavalier fort bien mis passe dans la rue et, saisi par la soif, pose pied à terre devant le puits où un aubergiste du quartier des Fossés refait sa provision d'eau pour la journée. Le cavalier demande à l'homme s'il peut boire un peu de l'eau fraîche qu'il remonte dans son seau. Ce faisant, il se penche au-dessus du puits et remarque, dans un coin de maçonnerie, une étrange lueur, qui semble aller et venir. Il s'approche davantage et discerne comme deux points rouges entre deux pierres.

— Vous avez vu ? dit-il à l'aubergiste.

Ce dernier n'a pas le temps de l'avertir du danger qu'il entend un petit sifflement et voit le cavalier basculer comme une masse dans le puits – plouf. On retrouve sur sa figure le même effroi que sur celle de la vieille. Et on redouble de conseils en direction de la jeunesse qui redouble de haussements d'épaules.

Non loin de l'établissement de l'aubergiste, vit Mariette, la plus belle fille de Bordeaux. Elle est promise à un soldat de la garde prénommé Toinon. Vive et curieuse de tout, elle a entendu parler de la vieille et du cavalier, bien sûr. L'aubergiste n'a pas manqué à son tour de raconter encore et encore à ses clients l'aventure du cavalier, et le quartier des Fossés bruisse de cette histoire. Un soir de décembre, l'un des habitués de l'établissement, un marin qui a voyagé d'un bout à l'autre de la Garonne, jusqu'à Toulouse, déclare d'un air entendu : « Oh, ça, c'est un tour de basilic. » Devant l'air ahuri des autres, il explique qu'un basilic est un être mi-serpent mi-coq ; un reptile à tête de coq plutôt, pas bien gros, mais fort malfaisant, qui pétrifie bêtes et gens par son regard et son venin. Un sacré mélange.

—Ah oui, un peu comme le cocatrix, note l'aubergiste, qui se pique de savoirs ésotériques.

—Fichtre, non ! rétorque le marin. Le cocatrix est un mélange de serpent et de chauve-souris. Le basilic, avec sa crête, est bien plus terrible.

À quelques tables de là, il y a deux Espagnols venus de Gascogne où ils travaillent comme puisatiers. Personne n'entend le plus âgé murmurer : « Pff, une crête ! C'est une couronne qu'il a sur la tête, je l'ai vu moi, il y a sept ans… » Son compagnon, qui ne veut pas d'histoire, lui fait signe de se taire.

Crête ou pas, la belle Mariette a entendu cette version, parmi d'autres, tant les Bordelais ajoutent des détails au fur et à mesure que la fin tragique de la vieille et du cavalier anime les veillées. Mais sa curiosité est la plus forte. Un jour qu'elle se trouve seule devant le puits, elle se penche – oh, à peine – au-dessus de la margelle. À peine, certes, mais suffisamment… pour voir, dans la pénombre, rougeoyer deux brandons.

On imagine la suite. La belle est avalée par le puits maudit.

Toinon, son promis, devient fou de douleur. Pleurant toutes les larmes de son corps, amaigri, plus bon à rien en tant que soldat, il se met à fréquenter l'auberge chaque soir et à noyer son chagrin dans le vin aux épices. Il s'épanche sur l'épaule de chaque nouveau client pour expliquer comment il va, lui, tuer le basilic ou mourir en le combattant, puisque la vie ne vaut plus la peine d'être vécue.

Un soir de marée haute, le marin vient s'asseoir à côté de lui.

— Tu veux te venger, je comprends, lui dit-il. J'ai peut-être une solution. Je connais un chevalier qui saurait venir à bout du basilic. C'est un croisé, seigneur de Saint-Macaire, qui, au retour de Palestine, a installé un oratoire dans les coteaux de Saint-Maixant et de Verdelais. Après les horreurs qu'il a vues là-bas, et les prodiges aussi, il a décidé de se retirer du monde et de consacrer sa vie à la bonne Vierge, dont il a rapporté une petite statue d'une église en Terre sainte. Son nom est Géraud. Mais tu devras le convaincre de venir ici. Ce sera difficile. Il ne quitte guère le vallon où il prie jour et nuit.

À la marée du lendemain, Toinon remonte le fleuve jusqu'au petit débarcadère de la Garonnelle, au pied des coteaux de Verdelais. Il se met à la recherche du chevalier sur les coteaux et dans les vallons boisés de l'endroit. On ne sait comment il trouve l'ermite, car les fourrés de la forêt du Luc sont épais. Pas plus qu'on ne sait ce qu'il lui dit pour le convaincre. Toujours est-il que le chevalier – sans doute touché par l'amour de Toinon pour sa belle – accepte de le suivre à Bordeaux. La tête invisible sous la capuche de sa robe de bure, il redescend le fleuve avec le jeune homme, jusqu'à Bordeaux où ils accostent quelque part près de la porte Caillau.

Sans perdre une minute, Toinon le conduit rue du Mirail. Géraud écarte les quelques badauds qui traînent toujours non loin du puits maudit, se penche très légèrement au-dessus du trou et réclame aussitôt qu'on lui apporte un miroir.

Une voisine dévouée court chez elle chercher le sien, qu'elle tient de son oncle, grand voyageur, qui le lui ramena de Tolède. L'objet en cuivre poli sous verre est ovale, encadré d'un fin contour de bois. Elle le tend au capucin avant de se signer discrètement.

Géraud s'en saisit et, toujours profondément enfoui dans sa capuche, le place devant son visage, la face polie vers l'extérieur, à la stupéfaction des gens alentour. Puis, alors que les *Ave* et les *Pater* sont murmurés, il s'approche et se penche pour de bon par-dessus la margelle. Un frémissement parcourt la foule tandis qu'il se penche encore, le visage toujours recouvert du miroir. Il n'a pas longtemps à attendre : une sorte de trait rouge sort du trou, siffle en direction du miroir, puis s'y fracasse dans un grand bruit de verre.

On entend un simple « plouf ». C'est tout. Le basilic s'est noyé.

Géraud ordonne qu'on le remonte sans attendre, car il pourrait gâter l'eau.

Évidemment, personne n'ose sortir le monstre du puits. Et si son sortilège avait survécu ? Ces bêtes-là, chacun le sait, ont plusieurs vies. Elles se transforment. Elles muent. Pensez, un coq à tête de serpent, ou l'inverse, c'est déjà un prodige…

Agacé par tous ces pleutres qui l'entourent, Toinon attrape un seau et le plonge plusieurs fois dans le puits, jusqu'à ce qu'il remonte le basilic.

Après les trois morts et le miracle de Géraud, on ne recommence pas tout de suite à puiser l'eau de la rue du Mirail. Puis, au fil du temps, nécessité faisant loi, reviennent les vieux réflexes d'antan. Bien que l'on trouve pour longtemps un goût de fer à cette eau.

Que devinrent Toinon et Géraud après ça ? À sa mort, l'ermite légua l'oratoire et la statue de Verdelais à l'ordre des Grandmontains, qui firent édifier une chapelle. Sous ses voûtes eut lieu un premier miracle, en 1185 : un jeune aveugle y retrouva la vue. Quant à Toinon, sa belle vengée, il partit pour la croisade, la troisième, semble-t-il.

À propos de l'origine de cette bête fabuleuse, le basilic de Bordeaux, beaucoup de choses ont été dites, la légende se mêlant à l'histoire.

Mais il se dit aussi qu'un jour, un croisé rapporta d'Égypte un magnifique cobra cracheur rouge, véritable bijou naturel… mais horriblement venimeux : il crachait son venin dans les yeux de sa proie avant de la mordre. Au troisième serviteur tombé raide mort, le croisé, rentré dans son château d'Anjou, comprit sa bévue et décida de se débarrasser du naja au plus tôt. D'ailleurs, son épouse, qui l'avait attendu patiemment, refusait de passer une nuit de plus sous le même toit qu'un pareil monstre. Il confia donc le panier contenant le terrible reptile à l'un de ses hommes, originaire des bords de la Garonne, pour qu'il l'éloigne autant que possible des douceurs de l'Anjou. Le soldat girondin, rentré chez lui et ne sachant que faire d'une telle calamité, le jeta dans un puits. Le panier en tombant s'ouvrit et… vous connaissez la suite. Un croisé le rapporta, un autre croisé le tua. S'étaient-ils rencontrés en Terre sainte ?

C'est une autre histoire.

En tout cas, le basilic était donc un serpent…

Ou pas…

Vous vous souvenez de l'Espagnol, puisatier de Gascogne, qui ronchonnait dans l'auberge bordelaise où le marin, le premier, avait évoqué le basilic ? Lui affirmait l'avoir vu, et que la tête du basilic était surmontée d'une couronne, pas d'une crête de coq. Sans doute parlait-il d'un autre monstre ? Celui-là, toutefois, vivait aussi dans les puits.

Voici l'histoire. Elle se passe cette fois à Mauvezin, dans le Gers. Dans ce lieu superbe de Gascogne se trouve un puits à l'eau claire et bienfaisante. Son propriétaire, aimable notable, laisse tout un chacun s'en servir.

Un jour, cependant, l'eau se trouble d'un coup et devient si dégoûtante que l'homme dit à sa servante :

— Va me chercher les puisatiers espagnols, qu'ils descendent nettoyer le fond, un malfaisant y a sans doute jeté une charogne.

— Attendez, mon bon maître, lui répond Jeannette, la servante, méfiante de nature. Laissez-moi y jeter un coup d'œil... mais d'abord, je dois aller chercher quelque chose.

Elle court jusqu'à sa chambre et revient avec son petit miroir.

Vous l'avez deviné, la rusée Jeannette suspecte la présence d'un basilic dans le puits de son maître. Avec le miroir, elle capte d'abord les rayons du soleil et, les dirigeant vers le fond du puits... illumine le basilic tapi parmi les pierres. Ébloui, il saute jusqu'à la margelle, y trouve sa vilaine image, se pétrifie sur le coup et retombe au fond du puits illico. Mort.

Le maître en reste sans voix. Pensez : un basilic dans son puits ! Il l'a échappé belle.

Jeannette va chercher les puisatiers espagnols. L'un d'entre eux, attaché par une corde tenue par les deux autres, descend dans le conduit et en rapporte une charogne de chien bien puante et le basilic pétrifié, un petit animal tout de méchanceté dont la tête est ceinte d'une couronne d'or. Le maître, grandement soulagé, décide de faire don à sa servante de cet étrange bijou. Plus tard, Jeannette la vendra et cela lui fera une belle dot. Elle s'installera même à Toulouse.

Le puits de la rue du Mirail était en Aquitaine, celui de Mauvezin en Occitanie. Là-bas, on ne fait rien comme en Guyenne. Le basilic local se devait donc d'être bien plus extraordinaire que celui de Bordeaux. Il s'agissait d'une sorte de loutre à tête humaine, couronnée d'or. L'histoire ne dit pas d'où peut venir un tel monstre, mais les Toulousains ont sans doute la réponse, eux qui savent tout mieux que les autres.

Bref, cette bête-là pétrifiait par son regard ceux qui avaient la mauvaise idée de se pencher sur la margelle et de la contempler. Ils tombaient dans le trou comme une masse. Air connu. Le basilic en question passait d'un puits à l'autre par les réseaux de rivières souterraines et les nappes phréatiques. S'il venait à mourir en découvrant sa propre image, un autre prenait sa suite au bout de sept ans.

Cette légende n'est peut-être qu'une façon d'empêcher les enfants de se pencher sur les puits. N'empêche : l'affaire de la rue du Mirail est bel et bien historique, foi de Bordelais !

La Dame Blanche du Médoc

Établie au nord-ouest de Bordeaux, la forteresse médiévale de Blanquefort recèle, dit-on, un trésor. À la voir aujourd'hui recouverte de mousses et de lierre, on pourrait en douter. Mais aussi sûr qu'elle est gardée par une Dame Blanche, oui, elle cache un trésor. Celui qu'un chef arabe y laissa, juste avant la bataille de Poitiers. La Dame Blanche, quant à elle, se prénommait Blanca. Elle vécut là, enfermée par le même chef arabe derrière de hauts murs, aujourd'hui disparus, pour la punir d'avoir aimé un chevalier chrétien.

Vers 730, lors d'une razzia conduite par Abd el-Rahman, gouverneur d'Al Andalous, l'armée des Omeyyades passe par Bordeaux, écrase les troupes d'Eudes, duc d'Aquitaine, et remonte vers le nord. Eudes appelle à l'aide les Francs de Charles Martel. Qui, le premier samedi du ramadan, en octobre, combattent l'armée des Maures, Sarrasins et Syriens, quelque part entre Tours et Poitiers, et leur infligent une sévère défaite. Le commandant en chef de l'armée, Abd el-Rahman, est même tué, ainsi que plusieurs de ses lieutenants – le champ de cette bataille deviendra la « Chaussée des martyrs » dans l'histoire des musulmans. Dans la plus grande confusion, l'armée omeyyade reflue vers le sud, passe les Pyrénées... et laisse derrière elle, au nord de Bordeaux, une tour renfermant, donc, un trésor et la jeune Blanca.

Que faisait cette jeune femme avec l'armée des Omeyyades ? Tout porte à croire qu'il s'agissait d'une princesse guerrière, dont l'audace et le courage faisaient la fierté de son père. Il faut se plonger dans la bataille entre les Omeyyades et les Aquitains pour mieux apprécier ses exploits. L'imaginer juchée sur sa jument blanche, tranchant de son épée les têtes des ennemis. Blanca est sans merci. Au cœur de la mêlée, elle semble ne craindre personne, protégée par son casque et son épais bouclier ovale, quand il ne lui sert pas à cogner sur un adversaire.

Son glaive à double tranchant étincelant parmi les geysers de sang, la princesse frappe d'estoc et de taille, les mâchoires serrées, les yeux luisants de haine des infidèles, jusqu'à ce qu'elle croise le galop d'un vassal du duc, un Aquitain vaillant et d'une grande beauté. C'est en portant la charge, alors que leurs montures se cabrent, que Blanca tombe… raide amoureuse du chevalier chrétien. Il a chu de cheval et se trouve à sa merci. Mais elle ne le tue pas. Le tableau est magnifique : l'épée suspendue ; les yeux qui ne peuvent plus se lâcher ; l'amour fou qui naît sur ce champ de mort.

Le chevalier a mis un genou à terre, devant la jument de Blanca qui souffle en remuant la tête. Tout autour, on entend le choc des épées contre les boucliers et les armures, les cris de rage et les hurlements de douleur. Tout autour, on voit la boue teintée du sang mêlé des chrétiens et des musulmans. Mais là, au pied du cheval de la jeune princesse, règne un calme sans pareil. Le temps s'est arrêté. La guerrière ôte son casque et libère ses cheveux de jais qu'elle secoue tandis que sa monture fait frémir sa crinière. Le regard du chevalier est brûlant d'amour.

La scène n'a pas échappé au père de Blanca, qui ne se tient jamais bien loin de sa fille. Comprenant aussitôt ce qui vient de se produire, il fonce vers les jeunes gens et foudroie d'un grand éclair de sabre le chevalier à terre, juste au-dessous de son heaume. Dans un cri, Blanca saute de cheval pour tenter de sauver son amour. En vain. Baigné de sang, il agonise dans ses bras.

Mais cela ne suffit pas à calmer la folle colère du père de Blanca. Il en veut terriblement à sa fille d'avoir eu ce moment de faiblesse impardonnable. Faute de pouvoir la tuer à son tour – après tout, c'est une princesse, et c'est sa fille – il décide donc de l'enfermer.

Au nord de Bordeaux, dans un lieu autrefois oppidum gaulois puis castrum romain, il fait construire une simple tour carrée – pas le temps de faire mieux. Il y ensevelit une partie des trésors récoltés pendant la razzia et y place sa fille sous clef. Puis il repart avec le reste des troupes omeyyades, laissant la captive éplorée.

Abandonnée, terrassée de chagrin, Blanca tourne en rond dans sa tour carrée en ruminant sa détresse. C'est une guerrière. L'inaction lui pèse. Chaque semaine, des paysans que connaissait son père du côté de Gironville (aujourd'hui Macau), village où il avait établi son camp, lui font passer quelques vivres. Et c'est tout. Blanca désespère, Blanca dépérit. Semaine après semaine, elle ne touche plus la nourriture qui lui est apportée. Et finit par mourir, emmurée. En souvenir d'elle, les paysans appellent la bâtisse « le fort de Blanca », d'où peut-être le nom actuel de Blanquefort.

Cependant, lorsqu'ils viennent chercher le corps pour l'enterrer, les paysans de Gironville ne trouvent personne dans la tour. Pas de cadavre, pas de guerrière, pas âme vivante ou trépassée. Rien.

La rumeur s'installe et le soir à la veillée, les langues vont bon train, sur ce qu'il a bien pu advenir de Blanca la guerrière. On cogite, on échafaude, on suppute… on invente un peu, aussi. Ainsi naissent les légendes, en tout cas celle de la princesse disparue et de son donjon mystérieux.

L'histoire alors ensevelit ces légendes et poursuit son chemin. Dès le XIe siècle, on construit autour du donjon carré d'autres murs et bâtiments, lieux de nombreuses batailles, qui seront tour à tour anglais, puis français. Jusqu'à ce que, sept siècles après Charles Martel, alors que la tour est incluse dans cette forteresse défendant l'accès à Bordeaux, un petit lascar des bords de l'estuaire, pêcheur de Gironde en manque de poisson, s'y glisse une nuit, en suivant la Jalle du Sable – le ruisseau qui relie l'estuaire au réseau de marais au pied de la forteresse. Ce gamin a un plan pour sortir de la misère. Un plan qui a l'avantage de la simplicité : il va forcer la porte de la vieille tour de Blanca, fouiller le sol et mettre la main sur le trésor. Comme tous les garnements de la région, il a entendu des dizaines de fois l'histoire du chef arabe, du trésor de la razzia, de la princesse enfermée, de la morte disparue… et des Arabes défaits par le maire du palais, Charles Martel, puis quasiment chassés d'Espagne. Ils ne reviendront donc jamais chercher leur trésor. Aucun risque de leur côté.

Le jeune pêcheur, moins couard que ses pairs, estime que les gens de Gironville qui racontent cette légende depuis des siècles sont des poltrons affabulateurs. Lui va fouiller le sol et trouver les merveilles enfouies là. De l'autre côté de la grosse porte.

Il s'approche des murs de la forteresse meurtrie par tant de batailles, et atteint la tour. Armé d'une barre de fer, il travaille la vieille serrure violemment. Les grincements résonnent dans tout le voisinage comme un sinistre ricanement, mais il n'en a cure. Il sait ce qu'il veut. Et il veut en finir vite car des gardes pourraient bien débarquer. Finalement, le pêne cède.

À peine la porte entrebâillée, le vestibule de la tour se dévoile dans une sorte de lumière très pâle. Et là… le sang du garçon se glace d'horreur. Devant lui, à quelques mètres, au milieu des quatre murs, une forme blanche, lugubre, un esprit dans un voile de femme, darde des yeux vides vers lui. La porte bat, grince, et le fantôme laisse filer comme un soupir de vent. Terrorisé, le lascar tourne les talons et s'enfuit à toutes jambes tandis que la porte, poussée par un souffle puissant, se referme. Et le pêne retrouve par miracle sa place dans le verrou. Clac.

Le pêcheur passe devant le corps de garde sans répondre aux appels des soldats.

— Avez-vous vu sa tête ! s'exclame le capitaine en riant. On dirait qu'il avait le Diable à ses trousses !

Le calme de son estuaire retrouvé, peu à peu le jeune pêcheur se met à raconter son histoire. Il n'en faut pas plus pour que chacun comprenne que la tour est hantée et son trésor gardé par une Dame Blanche. Œuvre du démon, nul ne s'en approchera désormais. Même pas les gardes, qui considèrent que ce vieux donjon, mal placé, ne leur est finalement pas si utile que cela.

Le temps passe et, de temps à autre, une forme blanche apparaît au sommet des murs de la forteresse. C'est la Dame. Comme un oiseau de mauvais augure, elle annonce la mort de quelqu'un de Blanquefort. Chaque fois qu'elle apparaît, en effet, quelqu'un trépasse.

Aujourd'hui encore, les jours de brouillard, si fréquents dans ces zones humides du bas Médoc, on dirait qu'une ombre blanche passe au-dessus des Jalles vers un lieu du Taillan où, des siècles plus tard, sera édifié un château entouré de vignes. Et ce château, le château de la Dame Blanche, s'enorgueillit encore de cette longue tradition. Lorsque la brume se pose sur ses vignes, les châtelains se réjouissent de la visite de celle qu'ils nomment eux, Bianca. Elle s'invite en voisine : sa forteresse n'est éloignée que de quatre kilomètres. Elle vient souhaiter la prospérité au vignoble. Et signifier, sans doute, qu'il s'agit là du véritable trésor de cette région du Médoc. Le seul, en somme.

L'histoire de la forme blanche aurait pu s'arrêter ici. Mais ces dernières années, non loin de là, plusieurs cas d'auto-stoppeuses spectrales ont été signalés. Chaque fois le même scénario. Une femme, tout de blanc vêtue, debout au bord de la route, semble perdue. Un automobiliste s'arrête et lui propose de l'emmener où elle veut. Elle monte à bord sans rien dire, mais, aux abords du château Le Lout, l'auto-stoppeuse crie « attention au virage ! ». Or, quand le conducteur se retourne vers elle, il n'y a plus personne sur le siège passager.

Frayeur et mystère, on n'en finit jamais avec la Dame Blanche. La femme égarée au bord de la route est-elle bien Blanca ou – beaucoup plus banalement – le fantôme d'une accidentée de la route ?

Je sais ce que vous pensez. Que (comme moi, d'ailleurs) vous ne feriez jamais monter à la place du mort une auto-stoppeuse à l'allure de fantôme. C'est sage de votre part. Je sais aussi que vous avez des doutes sur cette histoire-là : et si quelques simples brumes éthyliques pouvaient provoquer certains soirs de week-end des visions de brouillard et de formes pâles ?

Eh bien, sachez-le, je n'ai rien inventé : j'ai lu cette histoire d'auto-stoppeuse dans le journal, ce qui montre bien qu'elle est vraie. Foi de Girondin !

Les trois Bécuts (Lou très Bécuts) des Landes

Autour du bassin d'Arcachon, on les nomme des *trucs* – « Le Truc Vert » du Cap Ferret, « Le Truc de la Truque » à La Teste de Buch. Dans les Landes d'avant les grandes forêts, ces tertres étaient visibles de loin, tant ce paysage de marais était plat. Là-bas, on parle plutôt de *tuc*, le vrai mot gascon pour désigner ce genre de tumulus. Les vieux Landais disent aussi *tucot* ou *tuquet* en faisant bien sonner le *t* final. Ainsi, à Contis, il existe un tuc du bécut dont l'origine est très étrange.

Mais qu'est-ce donc qu'un bécut ?

Un bécut est un ogre qui serait aussi un cyclope de « dix quintaux et sept toises », selon ceux qui l'ont croisé pour leur malheur.

Une tonne sur douze mètres de haut, quand même. Et velu, avec ça, avec de longs poils roux. Quant à la tête : sous son œil unique, il arbore une sorte de groin, et dessous… un bec. D'où son nom.

Heureusement, les bécuts n'étaient pas très malins, et leur vanité les rendait plus stupides encore, comme nous allons le voir. Ce qui tend à prouver que même les pires monstres peuvent être vaincus avec un peu de patience, beaucoup de rage et pas mal d'imagination.

Des bécuts, les Landes en ont connu plusieurs. Trois d'entre eux au moins ravageaient tout sur leur passage, dans le triangle entre Contis, Rion-des-Landes et Castets.

Un jour d'automne, celui qui rôde autour de Castets sort de son repaire des marais de La Palue et s'approche du village par la route de Vielle-Saint-Girons. Il est à la recherche de son déjeuner. Ses pas font trembler le sol, et son estomac, en gargouillant, résonne comme le tonnerre. On l'entend de loin. Reniflant la chair fraîche, il passe près d'une pauvre maison qu'il a déjà à moitié détruite lors de sa dernière razzia.

Sur le seuil, Jan, un jeune pâtre, travaille l'osier, son maigre gagne-pain. Seul survivant de sa famille dévorée par l'ogre en plus de son troupeau, et surtout moins peureux que les autres Castésiens, qui ont fui le village à l'approche du monstre, il ourdit sa vengeance. Sa hardiesse lui vient de là : il n'a plus rien à perdre.

Tandis que le cyclope approche, Jan se pince le nez et lui lance :

— Hé, lou Bécut, tu pues ! Tu ne te laves donc jamais ?

Et il se met à chanter à tue-tête : « Le bécut pue, le bécut puant jamais ne se lave, *lou Bécout puden, lou Bécout puden !* »

Le géant est interloqué qu'on ose l'apostropher ainsi. Il hésite cependant à écraser l'insolent gamin. Un instant, même, il semble réfléchir, tête basse, observant ses longs poils tout collés par la crasse et la vase des marais.

Jan insiste :

— Gros comme tu es, il n'y a guère que dans la Fontaine Vive que tu pourrais te laver, mais tu peux l'oublier… seuls les vrais braves osent s'y rendre. Ceux qui n'ont pas peur des fantômes.

Disant cela, le gamin part en courant vers la fontaine, appelée aussi Fontaine Saint-Roch. Elle est réputée pour être sans fond et sans merci depuis qu'une jeune fille conduisant un *bros* – grosse charrette de là-bas – chargé de barriques est sortie du chemin et a glissé dedans. En un rien de temps, la fontaine a tout englouti : la charrette, les mulets et la fille. Son âme, dit-on, hante encore le lieu.

Vexé, le bécut emboîte le pas à Jan. Arrivé au bord du puits artésien, il se penche pardessus, curieux d'apercevoir de son œil unique ce qu'il peut cacher. Comme il ne voit rien, le fond étant plus noir que la nuit, il saute dedans et l'eau l'avale en quelques secondes... ! Trop lourd pour s'accrocher aux bords boueux de la source, ce bécut-là, malgré sa taille de géant, se noie bel et bien.

Dans la foulée, Jan, tout auréolé de sa malice, retrouve un troupeau à conduire, car quel propriétaire avisé se priverait d'un pâtre aussi malin pour garder ses moutons ?

À condition cependant de rester dans les environs immédiats de ses exploits, car le village voisin de Castets, Rion-des-Landes, a aussi son bécut, énorme celui-là et terriblement glouton. Pourvu d'un ventre qui le précède de plusieurs coudées, le bécut local se montre si goulu qu'il ne laisse jamais passer une semaine sans croquer une génisse, un bélier, un chien, voire un marmot… à condition, bien sûr, que ce dernier ne soit pas trop maigre.

Depuis l'arrivée de l'ogre, le bourg dépérit : les pèlerins de Compostelle ne s'y arrêtent plus comme naguère, de peur de se faire dévorer par cette bête du Diable (on les comprend), qui avale également le peu de richesses qui reste au village.

N'en pouvant plus de travailler pour que ce goinfre les dépouille, les Rionais décident de lui faire son affaire. Une révolte contre les prélèvements obligatoires, en quelque sorte, une jacquerie contre l'arbitraire. Ils envisagent d'abord divers pièges et machineries, tous plus complexes les uns que les autres, mais il y a toujours un défaut dans leurs combines. Parfois, on va chercher bien loin ce qui est sous nos yeux. C'est finalement la vieille Maria, la doyenne du bourg, pleine de bon sens, qui expose l'idée, simple et efficace, pour libérer la population du bâfreur : plutôt que d'utiliser la force, elle suggère de le punir en jouant sur sa faiblesse, qu'ils connaissent tous : la gourmandise.

— Je vais lui fabriquer un plat à ma façon, annonce-t-elle en déployant un magnifique sourire édenté. Il se souviendra longtemps de mon bouillon de onze heures, faites-moi confiance.

On appelle « bouillon de onze heures » celui qui provoque la « dernière heure » (onze heures du soir est la dernière heure de la journée) du malchanceux qui l'ingurgite. On voit par là que la vieille Maria a des lettres, ou de la mémoire. Il faut dire qu'elle en a tant entendu, durant sa longue vie !

Quoi qu'il en soit, les Rionais se mettent sans tarder à préparer un gigantesque panturon, ce plat de berger qu'on réserve en général aux fêtes carillonnées. Ils suivent la recette traditionnelle à la lettre, mais ils forcent sur les proportions : une brouette de foies d'agneau, une autre de cœurs, une charrette d'oignons et d'ail, plus deux barriques de sang de brebis. Puis, pour cette sauce-là, ils aromatisent le vin avec une soupière d'arsenic, de phosphore et de divers venins mortels qu'un apothicaire de Dax leur a vendus (fort cher).

Vers midi, attiré par l'odeur du panturon qui mijote depuis l'aube, le gros bécut s'approche du village en grognant de gourmandise. Il ne tarde pas à découvrir, au carrefour des routes de Saint-Julien et de Morcenx, l'immense chaudron sous lequel un bon feu crépite. La vieille Maria, toute de noir vêtue, tourne la sauce avec une longue cuillère en bois. Quand elle voit le cyclope apparaître au coin de la route, elle brandit sa cuillère et lui crie :

— Va-t'en, toi ! Fiche le camp ! Le panturon de fête n'est pas pour les goinfres de ton espèce, sa recette est bien trop fine. Ouste, sale bête !

Il n'en faut pas plus pour émoustiller le monstre. En deux pas, il rejoint la vieille qu'il pousse à terre sans ménagement, indifférent à ses cris. Là-dessus, un rictus maléfique déformant son affreux visage, il empoigne le chaudron par ses deux poignées, hume son fumet avec délices et en engloutit le contenu en quelques lampées.

Quand il a fini, il a à peine le temps de se pourlécher les babines qu'il s'effondre de tout son long dans le brasier, lâchant à un énorme rot qui fait trembler les croisées de tout le village.

À la surprise des villageois, son gigantesque corps velu brûle en quelques minutes, semblant accréditer l'idée que les bécuts seraient aussi un peu sorciers, mais cela est une autre histoire. De celui-ci, le feu refroidi, il ne reste qu'une boucle de ceinturon et la lame d'un poignard. La vieille Maria les conservera sur sa cheminée, jusqu'à sa mort.

Quant au bécut de Contis, lui, il n'avait ni ceinture ni poignard. Tout en muscles, c'était un vrai sportif, dans son genre. S'il ne chevauchait pas les vagues sur une planche comme on le fait aujourd'hui au bord de la plage, il était néanmoins féru de vitesse. Son sport à lui consistait à attraper à la course les moutons, les chèvres et même les chevaux. Pour les manger, bien entendu.

Car courir donne faim. En s'agitant de-ci de-là, le bécut de Contis, on s'en doute, écrase tout sur son passage. Après ses exploits, la forêt est ravagée. Les résiniers qui vivent des pins le détestent, car il foule les jeunes pousses et casse les troncs. Les bergers le haïssent, car il croque leur gagne-pain. L'un d'entre eux se prénomme Vicenç. Lui n'a plus que quatre brebis qu'il s'efforce de conserver, mais le bécut a un aussi bon odorat qu'il a de bonnes jambes. Une nuit, au cours de ses maraudes, il découvre la bergerie secrète de Vicenç, cachée sous un amas de fougères… et croque les bêtes, après les avoir effrayées et fait courir en tous sens, comme de juste. L'ogre aime le goût de la peur dans la chair de ses victimes. Leur adrénaline le rend joyeux. Chacun sa drogue.

Au matin, quand Vicenç découvre la peau, les os et les viscères de ses pauvres moutons, il entre dans une colère froide, terrible, et n'a plus qu'une idée : triompher du monstre.

Il se trouve qu'en automne, le vent d'est souffle très fort et glace le sang de chaque habitant des hameaux, entre dunes et marais. Les bergers grelottent dans leur veste en peau de mouton et, sous leur capuche, enfoncent leur béret jusque sur les oreilles. Le bécut, lui, sans cesse à courir partout à grandes enjambées, n'a jamais froid, mais toujours aussi faim. Après avoir croqué tous les moutons du village, il se rabat sur les tendrons humains et se met à courser sans vergogne les jeunes filles et les enfants.

Vicenç a une idée. Mais il a besoin d'aide. Il va donc consulter l'ermite retiré dans une cabane sur le chemin de Saint-Julien-en-Born, qui connaît tous les mystères des forêts et des dunes. Il lui demande où il peut trouver la mère des vents, car il a quelque chose à lui dire. Après une longue discussion, l'ermite lui indique l'endroit. Vicenç grimpe sur ses échasses et s'en va trouver la mère légendaire loin, très loin sur la lande, du côté de Saint-Jean-de-Bouricos.

Créature céleste dont le Grand Vent fut, il y a bien longtemps, l'amant de passage, la mère des vents donna la vie à quatre fils, qui continuent de souffler selon les saisons : Borée en hiver, Zéphyr au printemps, Notos avant l'été et Euros à l'automne. Chacun se donne du mal pour gâcher la vie des hommes et des bêtes. Dans leur genre, eux aussi sont un peu des monstres, bien qu'ils ne dévorent ni moutons ni donzelles.

Peinant sur ses échasses, agrippé à son bâton, Vicenç finit par arriver sur le petit tertre que l'ermite lui a désigné. Le jeune berger met ses mains en porte-voix et appelle de toutes ses forces :

— Madame la mère des vents, pitié pour nous autres, de Contis !

— Hou, hou, répond la créature céleste.

— Pitié, aidez-nous à nous débarrasser du bécut !

— Hou, hou, souffle la mère, apparemment indifférente.

— Ayez pitié, supplie Vicenç, le bécut ne respecte ni hommes ni bêtes, rien ne lui fait peur, il a même dit que le vent lui-même ne l'attraperait jamais !

— Hiii, hiii ! siffle la mère des vents, piquée au vif dans sa fierté maternelle, hii, hii, vaaa bergeeeer, nous te suivoooons.

Filant sur ses échasses, toujours agrippé à son bâton de marche, et poussé par un vent plus bienveillant qu'à l'aller, Vicenç repart aussitôt vers Contis pour montrer à la soufflante mère le marais où vit le bécut.

Parvenu à destination, il désigne la tanière. Une bourrasque sans pareille se lève alors juste au-dessus du trou. L'ogre se réveille brusquement, se lève et, dans un grand éclat de rire, se met à courir, courir comme un forcené, en écrasant tout sur son passage. Sans faiblir, le vent d'est le pousse vers l'océan. Le bécut rit toujours. Il est à présent au bord des flots. Le vent redouble, et le bécut, qui ne sait pas nager, se retrouve coincé. Incapable de rebrousser chemin, à bout de souffle, couvert de sable, il cherche un abri sous terre.

Mais Euros ne faiblit pas, au contraire. Il semble même que ses frères des autres saisons, réveillés par le tumulte, s'amusent à souffler en tous sens sur le monstre jusqu'à ce que le sable le recouvre complètement et l'étouffe. Le bécut est si gros que ce tumulus de sable ne cesse de grandir, de s'étendre... pour devenir bientôt le plus haut de la région.

Aujourd'hui, ne reste de cette histoire qu'une dune gigantesque qu'on nomme en gascon *Lo Tuc Deu Becut*. Quelques aventuriers, chercheurs d'or ou poètes ont bien essayé de la creuser pour déterrer les restes du monstre. Personne n'a rien trouvé. On dit que seuls les quatre vents soufflant ensemble de toutes leurs forces pourraient découvrir le squelette de l'ogre. De nos jours, les grandes tempêtes aux noms exotiques menaçant nos forêts ont remplacé les bécuts légendaires.

Légendaires, vraiment ? Certains prétendent qu'ils auraient débarqué des grands navires vikings, d'où ils tiendraient leur pelage roux et leurs airs terribles. Et que les casques qu'ils portaient, aplatissant leur nez, l'auraient transformé en bec.

Pourtant, diront de vieux Landais, les bécuts étaient bel et bien des ogres terribles. Des calamités pour les gens des forêts et des marais dont ils dévoraient les bêtes et tuaient les enfants, sans que nul ose les affronter. Sauf Jan, Maria et Vicenç.

La fève et l'ânon

Chacun sait, et depuis longtemps, que la vie des coupeurs de bois est pénible, le métier éprouvant, et que le bûcheron est pauvre. Très pauvre, même, quand il est affligé d'une tripotée de marmots braillards et gloutons. On peut trouver ici ou là des bûcherons qui s'en sortent à peu près, et certains plus misérables que d'autres, mais la moyenne de leur condition oscille entre gêne angoissante et misère noire. La plupart du temps, leurs femmes s'efforcent de compléter les menus faméliques en cultivant quelques légumes. Hélas ! les semences elles-mêmes ont un coût. Et les gamins bouffent tout, jusqu'à ce qu'on se décide à les perdre en forêt.

Dans leur petite maison des bois, à la sortie d'Audrix, dans ce Périgord Noir couvert de châtaigniers, Robert le bûcheron et Jeanne, sa femme, au moins n'ont pas d'enfant. Ils n'en sont pas moins pauvres, car la concurrence est rude dans ce métier et les prix baissent. Au début de l'hiver, une fois les châtaignes mangées, les voilà contraints de gratter le sol à la recherche de racines, histoire d'avoir quelque chose à mettre dans leur soupe. C'est dire l'état de leur bourse. Fouillant ici et là, le bûcheron déniche un jour une fève, sans doute tombée du bec d'un oiseau chapardeur. Une bonne grosse fève à demi sèche, comme on en plante dans les jardins.

Robert, qui a de la ressource, propose à sa femme de ne pas la mettre dans la soupe mais plutôt de la planter.

Et voilà qu'au bout d'une semaine, la plante est aussi grande que lui. Il l'examine de près. Qu'est-ce donc que cette engeance ? Au bout d'un mois, c'est carrément un arbre qui se déploie dans leur potager, au milieu des mauvaises herbes – comment peut-on le nommer, d'ailleurs ? Un févier, un févrable, un févrène ?

Robert, fort rompu à la science des arbres, contemple ce prodige avec satisfaction. Même s'il ne donne encore aucune cosse, le phénomène n'en est pas moins extraordinaire.

Habitué à grimper dans les chênes et les hêtres, il dit à Jeanne :

— Cette plante est si haute qu'elle semble toucher le ciel. Si j'y montais, je pourrais sans doute rendre visite aux anges et leur demander de l'aide.

La femme de Robert se dit que la faim fait parfois tenir des propos bizarres, mais elle laisse son homme agir à sa guise.

Robert est depuis son enfance habile comme un acrobate ; le voilà qui s'agrippe aux branches vertes de son févier et monte, monte, monte... Le voici soudain au ras des nuages. Sa tête tourne un peu. Il manque d'air, mais dans la folie des cimes qui l'envahit peu à peu il se sent léger comme une plume. Son ascension le mène jusqu'à un trou dans les nuages tout luisant d'éclats d'argent et d'or, un passage baigné d'une douce lumière bleue. Sans doute possible il est aux portes du Paradis. En bas, dans son jardin, Jeanne l'a perdu de vue depuis longtemps. Elle se demande ce qu'il fabrique.

La réponse est simple : franchissant la porte céleste, Robert se trouve face à face avec saint Pierre et ses clefs d'or et d'argent accrochées à sa ceinture. Il se jette alors à genoux devant le beau vieillard à longue barbe.

— Bon saint Pierre, aie pitié de nous, geint le bûcheron, ma femme et moi mourrons bientôt de faim. Aide-nous, bon saint Pierre.

Le portier du ciel considère avec bienveillance ce Périgourdin tout maigre qui a grimpé jusqu'à lui à la force du poignet. Il va fouiller dans son arrière-boutique de nuages et revient avec un ânon. Oui, un tout petit âne gris aux longues oreilles et au doux regard, un baudet sans aucun signe particulier. Mais, comme il s'agit d'une créature du ciel, il a des pouvoirs miraculeux.

— Prends cette petite bête, mon pauvre Robert, il n'y en a pas deux comme elle sur Terre, quand tu lui diras : « Âne, fais ton devoir », il crottera des louis d'or.

— Merci, grand saint Pierre, merci pour ce présent inespéré… mais comment vais-je le porter jusqu'en bas tout en m'accrochant aux branches de mon févier ?

Le saint, qui a mieux à faire, hausse les épaules, prononce une bénédiction et, comme par enchantement, le bûcheron retrouve le plancher des vaches. Mais saint Pierre, se faisant vieux, a mal visé son coup. Si Robert a bien atterri en Périgord Noir, il est quand même assez loin de chez lui.

Une nuit sans lune vient de tomber. Tout est noir. Robert erre un peu, avec le petit âne bien sage à ses côtés, quand apparaît la lumière d'une auberge.

L'aubergiste ouvre la porte, une lanterne à la main, et découvre un miséreux accompagné d'un ânon, qui lui demande le gîte et le couvert. L'aubergiste hésitant, Robert lui explique d'un air mystérieux qu'il dispose d'un ânon magique et qu'il le dédommagera largement.

Une fois l'âne à l'abri dans son écurie, l'aubergiste, qui a plus d'un tour dans son sac, fait boire Robert. Le bûcheron se met à bavarder à tort et à travers. Que raconte-t-il ? Son discours n'est pas très clair, mais sûrement en dit-il trop car, dès qu'il s'endort, l'aubergiste appelle sa femme, descend à l'écurie et dit à l'âne : « Âne, fais ton devoir. »

Alors l'animal lâche par le cul un plein seau de louis d'or !

Pareille aubaine n'arrive qu'une fois dans une vie. Tandis que la femme va remiser le seau, l'aubergiste échange l'âne prodigue du bon saint Pierre contre l'un des siens.

C'est avec cette bête – et une sacrée gueule de bois – que Robert finit par revenir chez lui. Alors que la Jeanne, furieuse de la disparition de son homme, s'apprête à le tancer vertement – « Non mais dis donc, tu as bu, toi ! » – le voyageur du ciel pousse triomphalement l'âne dans la chaumière.

— Mais que fais-tu, malheureux, cette bête va salir mon sol, gueule-t-elle, je viens de balayer la terre battue de la maison.

— Tais-toi ! crie Robert plus fort qu'elle, et admire plutôt.

Sous l'œil suspicieux de son épouse, le bûcheron se gratte la gorge, puis prononce la formule magique : « Âne, fais ton devoir ! » La petite bête ne fait rien du tout. Le bûcheron insiste. L'âne, étonné – et têtu – ne bouge pas d'un millimètre. Au bout d'un long moment, il finit quand même par produire quelques crottes de belle taille, qui viennent souiller le sol de la Jeanne.

Laquelle passe un sacré savon à son mari, qui, tout penaud, s'en va balayer le fumier et tirer l'âne au-dehors, jusqu'au pied de son arbre où il l'attache. Il a bien l'intention d'y grimper et d'aller dire deux mots au concierge céleste. Dès le lendemain, à l'aube, il reprend son éprouvante ascension et grimpe jusqu'au lumineux guichet.

— Tu t'es bien moqué de moi, saint Pierre, l'âne que tu m'as donné…

Saint Pierre l'interrompt en resserrant sa ceinture où cliquettent les clefs.

— Mais pauvre andouille, cet âne n'est pas celui que je t'ai donné ! C'est celui de l'aubergiste qui t'a fait boire et devant qui tu n'as pas su tenir ta langue ! Tu t'es bien fait avoir.

Pendant ce temps, c'est lui qui récolte les louis d'or.

—Je suis bien bête, grand saint Pierre, vous avez raison. Que faire ? Je ne peux redescendre sur Terre sans rien. Ma femme va me faire la misère…

Le saint réfléchit un instant.

—Je suis magnanime, tu as de la chance. Tiens, voici un bâton comme il n'y en a pas deux sur Terre. Quand tu lui diras : « Bâton, fais ton devoir », il frappera sans pitié celui que tu désigneras.

Robert se confond en remerciements, et redescend le long du tronc de son févier, le bâton magique bien calé dans sa ceinture.

Dès qu'il touche le sol, sans même répondre aux cris de Jeanne, qui lui demande où il va encore se saouler, il file à l'auberge.

Il entre dans la salle commune en tenant fièrement son bâton. L'aubergiste, flairant une deuxième aubaine, lui offre illico un pichet de vin. Puis, l'air de ne pas y toucher, le questionne sur ce bâton fort beau. Mais le bûcheron, cette fois, a un plan pour se venger. C'est lui qui entraîne l'aubergiste, avec des airs de conspirateur, dans la cuisine où l'épouse de son hôte fait cuire le ragoût.

Alors il lance la formule magique :

— « Bâton, fais ton devoir sur ces deux gredins ! »

Et le gourdin s'abat sans pitié sur le couple de larrons.

Robert tire un tabouret, s'assoit et contemple avec joie la raclée que reçoivent les deux voleurs. Quand ils sont bien bleuis comme il faut, il demande qu'on lui rende son âne sur-le-champ. Poursuivi par l'implacable bâton qui continue de s'abattre sur leur dos, le couple se précipite vers l'écurie et en revient bien vite avec l'ânon aux crottes d'or.

Content d'avoir retrouvé sa petite bête aux yeux si doux, Robert range son bâton sous son bras et rentre chez lui.

« Âne, fais ton devoir », ordonne-t-il une fois installé dans la chaumière avec sa bête.

Jeanne contemple, médusée, le baudet lâchant une pelletée de louis d'or.

Ainsi le bûcheron et sa femme vécurent-ils longtemps, et sans plus manquer de rien, dans leur petite maison d'Audrix à laquelle ils ajoutèrent une pièce de belle taille.

Quant au févier magique, il finit par produire en grande quantité des cosses énormes. Ses deux propriétaires firent de la soupe de fèves pour tous les pauvres du village, avec de bons gros morceaux de lard dedans. On peut devenir riche bûcheron et ne pas oublier ses origines modestes.

Puis le févier dépérit et mourut. Et comme on avait mangé toutes ses fèves, il n'en resta plus pour faire pousser à nouveau un tel prodige.

Ce qui est fort dommage.

Les cloches englouties d'Abjat

C'est une région verte et douce, constellée de mares et d'étangs, de ruisseaux et de rivières. Au beau milieu du triangle Périgueux-Angoulême-Limoges, le village d'Abjat-sur-Bandiat, en Périgord Vert, a tout pour évoquer la paix et le bonheur de vivre. Seules les sonnailles brisent un peu le silence. De sages maisons s'alignent sur un piton verdoyant qui descend doucement vers la vallée de la Dronne. Le Bandiat, le ruisseau qui traverse Abjat, est pourtant sauvage comme un torrent. Il renferme un secret très ancien, un prodige qui fait encore parler de lui.

À l'époque qui nous occupe vit à Abjat la plus belle des bergères. Claire est si délicate, sa peau est si fine qu'on lui voit, dit-on, le vin descendre dans le gosier. Claire est sage aussi. Elle est promise à Cyprien, un beau gars du bourg. Ces deux-là sont faits l'un pour l'autre, chacun ici le dit. Lorsqu'ils dansent, ne dirait-on pas les deux faces d'une même pièce tournoyant au son du pipeau ?

Claire, ce jour-là, garde son troupeau non loin de la fontaine Saint-André, sur la route de Puizillout, un lieu de passage où les bêtes se désaltèrent. Le seigneur de Thiviers, l'une des trente-deux villes closes du Périgord, seigneur de la cité aux trois châteaux, écuyer du roi, sire de Vaucocour, vient à passer par là. Ou plutôt non, il n'est pas sur ce chemin par hasard. Ce châtelain, grand amateur de femmes, a entendu parler de l'extraordinaire beauté de la jeune bergère. Il veut la voir.

Il la débusque près de la fontaine, et la trouve, dès le premier instant, fort à son goût. Descendant de cheval, il conduit sa bête jusqu'à l'abreuvoir pour contempler Claire de plus près. Sa finesse le touche et soulève en lui un grand désir. « Il me faut cette jolie pucelle dans mon lit », s'emporte-t-il.

Il s'approche d'elle. Devant un tel seigneur, Claire baisse les yeux. Elle l'entend lui dire qu'il la trouve belle, et aussi d'autres choses qu'elle ne comprend pas, car ce seigneur s'exprime dans un patois inconnu d'elle. Elle saisit toutefois qu'il lui propose de monter avec lui sur son cheval pour l'emmener dans son château de Thiviers.

Alors, elle fait non de la tête, s'excuse, elle ne peut pas, elle est promise à Cyprien. Le seigneur se fait enjôleur, doucereux, puis insistant. Fort insistant. Elle lui répète qu'elle est déjà prise. Elle ne sera qu'à Cyprien.

Mais l'écuyer du roi n'a pas l'habitude qu'on lui dise non, surtout une paysanne en sabots. Il s'approche encore et la saisit par la taille pour la hisser sur son cheval.

Claire se débat, crie.

— Non ! Lâchez-moi !

C'est alors que passent par là quatre jeunes du village rentrant de la moisson avec leurs faux et leurs fourches. Fourbus, ils n'ont qu'une idée : aller partager un bon pichet de vin. Mais alertés par les cris de Claire ils accourent à la fontaine.

—Personne ne peut toucher à Claire. Elle est promise à Cyprien, met en garde Le Roussin, qui est le meilleur ami du promis.

Les jeunes se rapprochent de Vaucocour. La discussion s'envenime. Dans le soleil couchant, les lames de leurs outils luisent comme autant de menaces. Furieux, l'écuyer du roi saute sur son cheval en criant qu'il est leur seigneur et que s'il veut emmener Claire avec lui, c'est son bon droit. Tel est l'usage.

—Quel usage ? L'usage des pleutres ! se récrient les jeunes en brandissant leurs faux.

Sous la menace, Vaucocour relâche la jolie bergère, pique son cheval et part à bride abattue en hurlant qu'il va revenir avec ses hommes et que ni leurs faux ni leurs fourches ne feront le poids face à leurs estocs.

Le village d'Abjat compte beaucoup de jeunes hommes et ils ont le sang chaud. Cyprien est rapidement mis au courant de l'affaire. Tous se montent la tête et décident de se préparer à accueillir comme il convient Vaucocour et ses hommes s'il ose revenir. À tour de rôle, ils vont monter la garde à l'entrée du village. Les vieux les exhortent au calme, on n'y peut rien, les paysans doivent obéir à leur maître, c'est ainsi. L'usage ancien, contesté par la jeune génération, est encore la règle ici…

Mais pas cette fois. Les jeunes ne veulent rien entendre.

Pendant ce temps, au château de Thiviers, Vaucocour lui aussi s'échauffe le sang. Dînant avec quelques amis et vassaux, il raconte sa mésaventure, sur laquelle chacun est bien d'accord. On ira chercher la donzelle et donner une bonne leçon à ces vauriens.

On boit beaucoup, on rappelle quelques histoires de paysannes devenues servantes au château. Et bien complaisantes, avec ça. Chacun y va de ses souvenirs égrillards. Le temps de rassembler une équipe d'hommes sûrs, on décide qu'on ira à Abjat dès le lendemain soir. Le trajet est court, à peine sept lieues. Que Vaucocour se réconforte, dans deux jours la belle Claire sera à lui.

L'obscurité vient de tomber sur Abjat. À l'entrée sud du village, des hommes sont postés, armés de fléaux, de faux et de haches. Chacun est tendu, anxieux, personne ne parle. Les esprits bourdonnent. Le calme de la nuit est trompeur. D'un moment à l'autre, tout peut arriver.

Soudain, on entend des chevaux approcher. Sûrement ceux de Thiviers. Les villageois tendent une corde en travers de la route. Le groupe de Vaucocour débouche en effet au tournant du chemin et les premiers destriers trébuchent sur la corde. De toutes parts, alors, sortent les paysans, qui s'élancent à l'assaut des cavaliers.

La mêlée est indescriptible. Les jeunes d'Abjat frappent à tout-va. C'est une suite ininterrompue de cris, de hurlements, du choc sourd des haches et des épées, du sifflement des lames. On patauge dans le sang, les chevaux ruent en tous sens. Soudain, à la lueur de la lune, Cyprien s'effondre sous un coup d'épée. Le Roussin se précipite avec sa faux et accroche Vaucocour par le cou. Le méchant seigneur, à moitié décapité, tombe de cheval, tué sur le coup. Trois autres nobles sont également à terre. Ce que voyant, leurs comparses tournent bride et repartent à toute allure vers le sud.

Le Roussin vole au secours de son ami, mais celui-ci est déjà mort. Les vieux du village les rejoignent alors, munis de torches et de flambeaux. Personne ne dit mot. Le père de Cyprien s'effondre devant le corps de son fils, puis un vieux déclare qu'il faut bien vite enterrer Vaucocour et ses complices.

Enterrer et brûler tout.

On dispose la dépouille de Vaucocour dans le lit du Bandiat, sous une énorme pierre. Et les trois autres morts dans une même fosse, creusée au milieu d'un bois au nord du village. Puis on va brûler leurs habits. Enfin, chacun va prier. Claire, inconsolable, porte déjà la coiffe des veuves. Elle est toute parée de noir. La malheureuse a tout perdu. Sa vie sera brève : elle mourra de chagrin dans l'année.

Les comparses de Vaucocour décident d'en appeler aux juges pour punir les paysans. Le pouvoir royal est d'autant plus à l'écoute de leur plainte que le château de Thiviers, construit au XIe siècle, détruit par les huguenots mais reconstruit ensuite, contrôle la route qui relie Périgueux à Limoges. Thiviers est une place importante. Et son maître,

Vaucocour, n'est pas n'importe qui. De surcroît, on ne peut laisser de simples paysans occire un seigneur sans les punir avec la plus grande fermeté. Il faut que force reste à la loi.

Abjat est donc envahi un matin par des hommes d'armes et des officiers qui interrogent tout le monde et embarquent la plupart des jeunes. Le Roussin, lui, n'a pas cette chance : condamné sur-le-champ pour le meurtre de Vaucocour, il est écartelé en place publique. Sa longue et cruelle agonie retentit bien au-delà du village, tandis qu'on sonne le glas.

Une répression impitoyable s'abat sur Abjat. Le village est privé de marché, lourdement taxé, et ses jeunes sont envoyés aux galères, qu'ils rejoindront à pied et enchaînés, comme le veut la tradition. Certains habitants ferment leur maison et quittent le village, mais, partout où ils vont, ils sont traités pire que des lépreux. Ces maudits ont défié le pouvoir et sali la réputation de ce charmant coin du Périgord.

La colère royale ne s'arrête pas là. Dans leur volonté de rayer Abjat de la carte, les autorités décident de décrocher les cloches de son église, afin de le priver de l'assistance divine.

L'histoire dit que ces cloches furent très difficiles à décrocher. Les chars à bœufs qui les transportaient eurent un mal fou à les déplacer. Ils s'embourbaient sous leur poids. L'une d'elles, le bourdon ouvragé, glissa et tomba à l'eau au lieu-dit du Saut du Chalard, en plein milieu d'une cascade. Les autres cloches furent fondues.

La cascade où s'enfonça le bourdon devint un lieu de pèlerinage pour les Abjacois. Ils venaient jusque-là pour prier et demander à la cloche de les protéger. Il semble qu'elle ne les ait jamais oubliés puisque, depuis le fond du gouffre, elle sonne chaque Jeudi saint vers 14 heures, et c'est un grand prodige. Chacun peut en témoigner.

Quant à l'âme de Claire, on dit aussi qu'elle apparaît sous la forme d'un bel oiseau blanc, une aigrette, qui se pose parfois sur le clocher d'Abjat. Vaucocour, lui, cette sale bête, s'est transformé en couleuvre géante. Pas un coulobre, quand même, non, juste un de ces gros serpents jaunes qui sifflent fort quand on les approche – un *singliant rousseu*, en patois ; j'en ai près de chez moi, sous le noyer, je connais son bruit. Pourquoi ce noble violeur de jeunes pucelles a-t-il pris la forme d'un gros reptile effrayant ? Allez savoir où se niche la magie, parfois.

Le Lébérou, le tac et la ganipote

Le dernier autorail de Périgueux vient de partir. On attend maintenant le Sud-Express qui va passer, filant vers Hendaye, mais pas avant une demi-heure. Quand on est de nuit, le temps paraît long dans la cabine des aiguilleurs de la grande gare de Bordeaux. Alors, on parle. On fume des Gauloises et on cause. De son pays. Les cheminots de la gare Saint-Jean, dont certains furent résistants quelques années plus tôt, viennent de différents coins du Sud-Ouest. Et ce soir-là, Fernand, mon grand-père, natif du Périgord, embauche avec Roger, un gars de Soustons, dans les Landes (« tellement grand qu'il n'a pas besoin d'échasses ») et avec Camille, un petit Charentais tout sec « avec un air en coin », précise Fernand.

À la gare, allez savoir pourquoi, on n'aime pas trop les Charentais. D'abord, ils n'ont pas l'accent des autres. Ils parlent bizarre, comme au nord, pointu presque, en mangeant leurs mots. Ensuite, on les dit âpres au gain, toujours à se vanter, à force de ne manger que des mogettes, leurs haricots blancs, d'avoir économisé de quoi s'acheter leur maison. « Car un vrai Charentais a sa maison », comme dit Camille. Bref, ils ne sont guère appréciés des braves Landais, des gentils Girondins et des bons Périgourdins.

Ce soir-là, exceptionnellement, Camille a apporté une flasque de *cougna* (cognac, en charentais) qu'il veut faire déguster aux collègues. L'ambiance est détendue.

Roger ne veut pas trop boire, il prétend que ça lui casse la tête.

— Pire que si je portais un tac sur les épaules, dit-il.

— Un tac ou un sac ? demande Camille, perplexe.

— Un tac, pardi. Tu ne sais pas ce que c'est qu'un tac ?

—Ces Charentais... soupire Fernand. Mon pauvre Camille, un tac, c'est comme un lébérou, quoi.

—Hein ?

—Un lébérou, un tac... un maudit qui se transforme la nuit en animal et saute sur les gens pour se faire porter jusqu'à ce qu'ils crèvent, explique Roger en roulant sa cigarette.

Camille semble réfléchir puissamment dans les vapeurs de son verre de *cougna*, et soudain, il se met à gueuler :

—C't'une ganipote à c't'heure, dont vous m'causez, une ganipote, oui !

Les deux autres se regardent et partent dans un fou rire compulsif... Une ganipote, non mais, avouez un peu... ces Charentais ont des noms bizarres pour tout, même pour le tac ou le lébérou !

Camille, en les regardant se gondoler, éclate de rire à son tour, et les trois n'en finissent pas de s'esclaffer, surtout quand le Camille répète, en hoquetant, « c't'une ganipote, pour sûr, une ganipote ».

Quand ils se calment un peu, il est juste temps d'aiguiller le Drapeau qui arrive de Paris à 23h40.

Camille se met alors à raconter son histoire de ganipote. Pendant qu'il parle, les deux autres hochent vigoureusement la tête quand ils reconnaissent leurs propres versions. Ganipotes ou galipotes sont des condamnés, des maudits. Pour un malheur qu'ils ont causé, un sortilège leur a été lancé. Le jour, ils sont moroses et las. Et pour cause. La nuit, l'ensorcelé se transforme en bête et doit courir dans sept paroisses (« d'où l'expression courir la galipote », précise Camille) seul ou accroché au dos d'un malheureux passant. Et cela sept ans durant. Si, en plus, par extraordinaire, leur malédiction est découverte, ils en prennent pour sept ans de plus.

—Les sorciers étaient sacrément forts dans les forêts de chez nous, affirme Roger le Landais. Ils pouvaient lancer des sorts qui duraient sept ans.

—Les sorciers, ou les curés, le reprend Camille, en levant la flasque.

Les deux autres le regardent avec une moue. Fernand et Roger sont communistes, enfin, compagnons de route. En tout cas, des « sans Dieu », comme le leur fait souvent remarquer Camille, qui lui est un cul-béni quoique protestant. Pas étonnant qu'il vienne ajouter un curé à son histoire. Faut toujours qu'il vienne fourrer de la religion, même dans les histoires les plus évidentes comme celles du lébérou ou du tac. Et dire du mal des curés, dès qu'il le peut.

— Mon grand-père m'a raconté que, dans son village de Haute-Gironde, précise-t-il pour bien marquer qu'il ne s'agit pas juste d'une histoire charentaise, le curé prenait les choses en main quand les gendarmes ne pouvaient pas trouver le coupable d'un crime. Le prêtre montait en chaire et demandait au coupable de se faire connaître à la gendarmerie dans les plus brefs délais, sinon il était excommunié et encourait un châtiment divin... bien plus terrible que celui du tribunal. Il prêchait cela pendant trois grand-messes, et le troisième dimanche, si le coupable ne s'était toujours pas fait connaître, il inscrivait sur un bout de papier la nature de sa condamnation. Ensuite, il demandait aux femmes enceintes de sortir de l'église, faisait une prière particulière à voix basse, et il laissait brûler le papier au-dessus d'un cierge. Alors, le gaillard qui avait commis le crime devenait une ganipote… ou une ganipaude, comme disent les Girondins. En tout cas une bête qui devait chaque nuit courir de clocher en clocher.

— C'est quand même une drôle d'engeance, ces curés, note le Roger. Le tac, par chez nous, il était comme ça à cause des sorciers, et puis c'est tout. Mais une fois qu'il avait achevé sa transformation, il fallait faire bien attention de ne pas le croiser.

— Et comment donc y f'sait pour changer de forme ? demande Camille.

— Il se mettait une peau de bête sur le dos, un mouton le plus souvent, vu qu'il y en a beaucoup dans les Landes, et il se trempait dans une certaine source. En Marensin, entre Contis et Soustons, il y en a beaucoup, de ces fontaines-là. C'est d'ailleurs pour ça qu'il ne fallait pas trop s'approcher des points d'eau après le coucher du soleil : le tac en sortait et hop, il se fichait sur votre dos avec les deux pattes autour de votre cou. Oh, il n'était pas bien méchant, le tac, mais une fois accroché, impossible de l'enlever. Il fallait courir avec lui dessus et passer devant sept clochers, comme t'as dit. Tout pareil. Mais le tac pesait de plus en plus lourd au fur et à mesure que la nuit avançait, aussi lourd qu'un cheval. Chez nous, les vieux, quand tu te lèves le matin avec une mauvaise tête, ils disent : « Et alors, tu as porté le tac ? » On dit même qu'il y a des gens qui sont crevés d'épuisement en portant un tac à peine plus gros qu'un lièvre.

— En 33, intervient Fernand, un gars qui revenait du marché de Brantôme a été attaqué par un lébérou qui lui a sauté comme ça sur les épaules et l'a entraîné vers la rivière. Ça a été moins deux qu'il se noie.

— Finalement, c'est comme l'histoire de Saint-Christophe, philosophe Camille. Il porte un petit enfant pour passer une rivière et le gamin, qui est Jésus, pèse de plus en plus lourd et après…

Roger l'interrompt. En parlant de Jésus, le train de nuit des pèlerins qui relie Tarbes à Lourdes va passer, il faut l'aiguiller. Une fois le train des culs-bénis passé, le Landais et le Charentais se tournent vers leur copain de Dordogne. Fernand sort une gauloise du paquet, l'allume avec son briquet à essence, tousse et cherche un peu ses mots. Il est ému. L'histoire qu'il s'apprête à raconter lui vient de sa grand-mère, Jeanne Allemandou, qu'il aimait tant.

Quand il parle, Fernand roule les r, mais doucement, ce qui fait que dans sa bouche le « lébérrrou » devient vraiment une pauvre bête tout autant nocturne et effrayante que misérable et touchante. Il se lance.

Le forgeron de Rouffignac ne dort jamais. Sa malédiction ne date pas d'hier. Quand il était jeune, il a forgé pour un sorcier du village une pièce de charrette qui s'est cassée, causant un grave accident. Le forgeron n'y était pour rien : la charrette était bien trop chargée. N'empêche, le sorcier l'a maudit et chaque soir, depuis lors, le forgeron doit se rendre à minuit à la fontaine des Quatre-Chemins où le pauvre homme se transforme en lébérou pour courir sans répit à travers la campagne. C'est en mouton qu'il se change, sauf certaines nuits de pleine lune où il devient un loup féroce, dépeçant tous les chiens qui lui tombent sous la dent.

Courir ainsi sans dormir est épuisant. Aussi, pour pouvoir travailler, le forgeron doit manger beaucoup de viande. Il en mange chaque jour, même le vendredi, et même le Vendredi saint, ce qui fait dire aux gens de Rouffignac que ce grand gaillard barbu et chevelu, avec ses yeux battus et son air triste, n'est peut-être pas un bon chrétien.

Quoi qu'il en soit, une fois transformé en mouton, le forgeron doit bien faire ses sept clochers, Fossemagne, Bars, Plazac, Fleurac, Mauzens, Saint-Félix et Saint-Geyrac. Or, mois après mois, le mouton dont il prend l'apparence devient de plus en plus misérable. Une vraie loque. Pour parcourir son circuit nocturne, passer la Manaurie et le Vimont, les deux rivières et le reste, il lui faut s'accrocher au dos d'un bon coureur ou d'une solide coureuse. Un vrai casse-tête. Les villageois et les gens alentour ont appris à faire attention. Ils évitent de sortir trop tard le soir. Heureusement, il y a beaucoup de visiteurs des grottes qui passent par là, des colporteurs aussi, et des bergers. Le lébérou arrive encore à se faire porter, tant bien que mal.

Un soir, cependant, la pauvre bête, traînant la patte, se résout à commencer son périple seule. Mais elle bêle, elle bêle misérablement. Elle bêle à fendre l'âme.

Un *bochèir* passe près de la fontaine. Ce boucher revient de tuer le cochon dans une ferme des environs. S'approchant des bêlements, il découvre un vieux mouton effondré dans l'herbe, encore assez gras, mais pantelant et misérable. Alors qu'il va s'en saisir pour voir ce qu'il peut en tirer, le lébérou lui saute soudain sur le dos et noue ses pattes avant autour de son gros cou de boucher, tout en ruant des pattes arrière pour faire avancer son porteur. Le saigneur de cochons comprend tout de suite.

— Milediou, un lébérou !

Et sans plus attendre, il commence à courir vers le clocher le plus proche. Puis vers un autre, et ainsi de suite. Tout en courant, il pense qu'avant la fin de cette mauvaise plaisanterie, il faudra bien qu'il sorte son grand couteau et se taille deux gigots dans cette vieille carne. Sa femme sera bien contente et ses *gouyats* aussi. Car ce *bochèir* a quatre fils.

À l'approche du septième clocher, le lébérou voit que le boucher porte la main à sa ceinture où pend un couteau. Flairant un mauvais coup, il rue une dernière fois sur le chemin. Le boucher tombe dans le fossé tandis que l'animal saute dans les fourrés. Puisant dans ses dernières forces, il se dirige vers sa fontaine et retrouve figure humaine. Tout mouillé mais entier. Oh *miseyre*, il a eu chaud !

Le lendemain soir, le lébérou sortant de l'eau se demande bien comment il va faire pour trouver un nouveau porteur. La nuit est noire comme de l'encre et la pauvre bête a beau tourner la tête dans toutes les directions, elle ne voit rien venir. Et elle bêle, elle bêle, elle bêle à fendre l'âme.

Un *cardayre* vient à passer. Ce brave matelassier s'en retourne chez lui après avoir cardé la literie du presbytère de l'église Saint-Germain. Sacré travail. On se demande bien ce que le curé et même sa bonne ont fait pour défoncer ainsi leurs lits. Bien fatigué, passant près de la fontaine, il perçoit les bêlements. Toujours en recherche de bonne laine, il se dit qu'il y a certainement là un mouton perdu qu'il pourra tondre sans que nul s'en soucie. S'approchant, il découvre la pauvre bête couchée sur le flanc. Sa laine est sale, mais longue et frisée. *Lo cardayre* se penche vers elle pour la saisir, la caresse un peu… juste le temps pour le lébérou de lui sauter sur le dos.

—Milediou, un lébérou !

Et sans plus attendre, il commence à courir vers le clocher le plus proche pour en finir au plus tôt avec cette corvée. Pendant sa course, il songe aux ciseaux et à la corde qu'il a dans sa musette. Il aura tôt fait de ficeler les pattes de ce mouton et de lui tondre la laine.

Hardi ! Les clochers défilent et le *cardayre*, bien qu'épuisé, pense à la bonne laine qu'il va recueillir sur le dos de ce lébérou tout usé. Celui-ci sent quelque chose lorsque son porteur, sans ralentir, glisse la main dans sa musette. La dernière paroisse passée, il se débarrasse d'une ruade du matelassier et file dans les fourrés où ses longs poils s'accrochent aux ronciers. Ce qui ne l'empêche pas de retrouver, juste à temps, sa fontaine et sa figure humaine. Oh *miseyre*, il l'a échappé belle !

Le lendemain est un samedi, et le lébérou sortant de l'eau a le moral en berne. Ce soir-là, les routes fourmillent de jeunes noceurs, saouls et méchants. Ceux-là ont toujours fait de mauvais porteurs. Lents et zigzagants. Il a bien du mal à leur faire suivre la route. Minuit sonne. Couché dans l'herbe haute, le pauvre animal entend de tous côtés des chants et des cris qui ne lui disent rien qui vaille.

Mais la bergère Lison – dont le troupeau paît en général dans les prés au sud du village –, revenant du bal à minuit, ne crie ni ne chante. Elle aurait même la larme à l'œil. Son malheur ? Une fois de plus, aucun garçon ne l'a fait tourner ce soir. Ni gavotte, ni quadrille, ni bourrée pour elle. Elle est restée assise sur le banc des vieilles filles. Les garçons trouvent qu'elle sent mauvais. Elle pue le suint, la graisse de mouton, disent-ils. Est-ce sa faute si elle aime ses brebis, son bélier et ses agneaux ? Leurs yeux et leurs sabots sentent fort, bien sûr, mais ça ne la gêne pas. Et ça ne l'empêche pas de les embrasser sur le museau. Or, qu'entend-elle, en passant près de la fontaine des Quatre-Chemins ? Un bêlement misérable. Il y a sans doute par là une bête perdue.

Elle s'approche et, grâce au clair de lune, aperçoit dans l'herbe haute un mouton bien fatigué, qui geint doucement, comme si sa dernière heure était venue. Elle prend sa tête entre ses mains et, au moment où le lébérou prend son élan pour lui sauter sur le dos… elle l'embrasse sur le museau ! Oui, sur son museau tout bavant, non loin de ses yeux qui sentent si fort. Elle ne craint pas l'odeur, Lison.

—*Mon pobre*, chuchote-t-elle en lui déposant un autre baiser sur le museau, mon pauvre petit.

Or, chacun sait, du moins ceux qui connaissent les histoires de lébérou, que seul le baiser d'une âme pure peut rompre la malédiction du maudit.

En embrassant l'animal, Lison le libère.

Il pousse un soupir long comme un soufflet de forge, se laisse glisser avec délices jusqu'à la fontaine et, au contact de l'eau, redevient simple forgeron. Un forgeron tout nu et fort poilu, qui cache malhabilement son affaire avec une peau de mouton bien usée.

Lison tourne la tête et rougit, car ce géant, ma foi, est plutôt à son goût, même si on ne l'a jamais vu au bal ni à la messe. Récupérant ses frusques dans un fourré, le forgeron s'habille à la hâte et bredouille quelques remerciements, d'une voix éperdue de reconnaissance.

— Tu m'as sauvé, belle Lison.

— Tu connais donc mon nom, forgeron ?

— Pour sûr, je te regarde souvent passer devant ma forge, avec tes brebis.

— Est-ce moi que tu vois, ou mes brebis, qui te donneront de bons gigots ? soupire Lison.

— Je ne vois que toi.

— Et tu manges vraiment beaucoup d'animaux ? interroge-t-elle, songeuse.

— C'était pour me donner des forces quand je devais courir chaque nuit, mais maintenant que tu m'as sauvé, je jure de ne plus jamais manger de mouton. Plus jamais.

— C'est bien, murmure Lison qui, décidément, n'arrive pas à quitter des yeux ce beau gaillard.

La bergère et le forgeron se marient bientôt. Le jour des noces on ne mange ni mouton ni agneau, et la belle Lison danse jusqu'à l'aube dans les bras de son grand costaud qui la soulève comme une plume et ne manque pas de souffle.

Ayant, de plus, porté une peau de mouton sur le dos pendant bien longtemps, ce n'est pas une petite odeur comme celle, légère, du cou de Lison qui pourrait l'incommoder…

Une veillée de tous les diables

Ce soir-là, on a fait longue table à la métairie de l'oncle Félix Roumegous. L'hôte est si aimable et si généreux. Il est connu pour sa bonhomie dans tout le pays des Petites Landes, entre Chalosse et Armagnac. Et puis, il n'a pas son pareil pour raconter avec des mots choisis – tantôt en gascon, tantôt en français – les histoires des anciens. Les siennes ont le bon goût de toujours bien finir, ce dont chacun lui sait gré, car on entend trop de récits épouvantables en ces lendemains de Grande Guerre.

Aussi, après la dernière eau-de-vie, les six cousins et la vieille cousine se regroupent autour de l'âtre, à l'abri du froid de février, et chacun de réclamer à Félix l'un de ses contes si amusants.

L'oncle réfléchit, puis jette une souche dans la cheminée. Elle déclenche une gerbe d'étincelles qui surprennent l'auditoire.

— Eh bé Félix, tu nous as fait un feu de tous les diables ! s'écrie la vieille cousine. Ma foi, nous allons griller.

— Tu ne crois pas si bien dire, murmure Félix en souriant, car voici une histoire de diablerie...

Le plus jeune des cousins, Eugène, qui vient d'avoir dix ans, écarquille les yeux et se serre contre son grand frère, tandis que Félix entame le conte.

Ce jour-là, Colin le berger s'est bel et bien perdu en revenant de la ville. Dans les bois de Chalosse, que pourtant il traverse souvent, il ne trouve plus son chemin. Il faut dire que la brume est épaisse et, surtout, qu'il a bien fêté le marché de Mont-de-Marsan... Et voilà que le jour faiblit pour de bon. Il monte alors dans les branches d'un grand chêne et s'installe tant bien que mal pour y passer la nuit, éclairé par la pleine lune.

Vers minuit, il est réveillé en sursaut par un grand bruit de caquetage, pire qu'un troupeau d'oies. Un groupe de femmes apparaît, des jeunes et des vieilles, qui se rassemblent sous son arbre en se tenant par la main. Elles parlent fort et se content entre elles différentes malfaisances qu'elles ont accomplies. Colin, en haut de son arbre, n'en mène pas large.

Soudain, venant d'on ne sait où, un bel homme tout de rouge vêtu se joint à elles. Ses yeux brillent d'un feu puissant et, quand il parle, de fines flammes sortent de sa bouche comme d'un briquet.

— Soyez les bienvenues au sabbat, mes commères, rugit-il. Mais, vous n'êtes que douze, il manque Marinette. Où est-elle ?

— Je suis là, maître, crie une jeune sorcière qui rejoint le groupe, tout essoufflée.

— D'où sors-tu encore ? lui demande le Diable.

— J'arrive du château où une future duchesse vient de naître. Mais elle est déjà fort malade. Elle ne vivra pas longtemps, vous pouvez me croire, car je lui ai jeté un sort de ma composition.

—Allons bon, et lequel ? questionne le Diable en souriant.

—Elle ne pourra être guérie que si on lui verse dans l'œil droit trois gouttes de sang humain, explique Marinette avec le sourire mièvre d'une bonne élève quémandant le compliment.

—Parfait, parfait, grommelle le Diable, c'est fort bien trouvé. Mais la prochaine fois, tâche d'être à l'heure. Allez, dansons, maintenant !

Aussitôt, il saisit son violon et l'assemblée des sorcières se met à danser. L'une après l'autre en passant lui embrasse le séant, comme cela se fait dans tout sabbat de bonne tenue.

Après avoir tourné et viré une bonne heure durant en psalmodiant maints blasphèmes, le groupe se disperse enfin au milieu de bruyants rires maléfiques. Au grand soulagement de Colin, qui retient depuis des heures une envie pressante.

Une fois soulagé, mais pas tranquille, le berger, encore tout tremblant, cherche la position la moins inconfortable possible pour dormir en haut de son arbre. Les branches sont tordues. Son esprit est troublé. La nuit sera longue.

Le lendemain, il finit par retrouver son chemin. Sans attendre, il se rend au château ducal, où règne une terrible tristesse.

Figé dans le silence, chacun retient ses larmes : le bébé va mal, et rien ne semble pouvoir le soulager. La petite duchesse est près de mourir.

— Je dois voir le duc au plus tôt, dit Colin au garde, car j'ai un remède pour son enfant.

Une servante descend le chercher et le mène vers la chambre où le duc est en prière devant le berceau. À côté du lit, son épouse éplorée sanglote doucement.

— Berger, si tu as un remède donne-le à notre fille, soupire le duc, mais si tu t'es moqué de nous il t'en cuira, sois-en sûr.

Sans mot dire, Colin s'approche de l'enfant, qui pleure sans discontinuer. Discrètement, il sort son couteau et se pique le doigt avec la pointe de l'arme. Un peu de sang coule. Il en verse trois gouttes dans l'œil droit du bébé.

Presque instantanément, l'enfant se calme et s'endort profondément. Dans la pièce, chacun retient son souffle en guettant la respiration de la petite : elle est régulière et apaisée.

— Dieu soit loué ! On dirait bien que notre fille va mieux ! s'exclame enfin le duc.

— Je crois qu'elle est sauvée, Monseigneur, dit Colin.

— C'est un miracle, soupire la duchesse en extase. Il est vrai que nos paysans ont des remèdes que nous ne connaissons pas, ajoute-t-elle.

— Berger, tu dois être récompensé, dit le duc en essuyant ses yeux rougis.

— Pensez donc, Monseigneur, répond Colin avec son bon sourire, je ne veux rien du tout, c'était bien normal.

— Prends cette bourse d'or, déclare le duc d'un ton qui ne souffre aucune discussion.

Colin baisse les yeux, et accepte sa rétribution sans plus barguigner. Il a en effet la tête pleine de projets. Il pense à la belle bague qu'il offrira à sa promise, au mariage… Il pense aussi qu'il va enfin pouvoir acheter sa métairie.

Comme on peut s'en douter, sa soudaine fortune fait de nombreux jaloux dans son village. Y compris son frère Paul, le vacher, qui l'interroge sans cesse – en geignant – sur la provenance de cet argent. Colin, qui n'en peut plus de ce pleurnichard, finit par lui expliquer l'histoire du chêne et du sabbat.

Ni une, ni deux. Le lendemain soir, qui est de pleine lune, Paul grimpe sur l'arbre, qu'il a trouvé non sans mal tant les explications de Colin paraissaient hasardeuses.

Mais vers minuit, il constate de ses propres yeux que les sorcières se rassemblent pour danser leur sarabande. Le Diable faisant l'appel remarque cette fois que Marinette est bien là, mais qu'elle semble beaucoup moins enjouée.

—Eh bien, jeune sorcière, pourquoi ce visage sombre ? demande le Diable, en grondant quelques flammèches.

—La fille du duc est guérie !

—Ah bon ! Et qui a fait ça ?

—Celui d'en haut, je suppose, répond Marinette en tendant le doigt vers le ciel pour ne pas prononcer le nom de Dieu.

En haut de son chêne, croyant qu'on le montre du doigt, Paul s'exclame, tout enroué d'émotion :

— Mais non, mais non, ce n'est pas moi !

Le Diable et les sorcières sursautent et, pensant que c'est une créature divine qui s'exprime, prennent leurs jambes à leur cou et filent dans toutes les directions. Cependant, tout en se carapatant, le Diable jette un sort au chêne, qu'il juge désormais impropre au sabbat. L'arbre se retrouve illico entouré de ronces impénétrables. Le vacher met un temps fou à traverser cette jungle. Il en vient finalement à bout, et c'est le corps en lambeaux qu'il rentre chez lui.

Quand il raconte l'histoire à Colin, celui-ci se moque de lui.

— Et tu n'as pas compris que c'était le Bon Dieu lui-même que la sorcière montrait du doigt ! Décidément, mon pauvre Paul, tu n'es bon qu'à rester vacher.

Et Paul resta vacher.

E cric crac
Moun counte es acabat.

Après avoir prononcé la formule rituelle qui termine un conte (*Et cric crac, mon conte s'achève*), Félix bourre sa pipe tandis que les cousins s'ébrouent. Le petit Eugène, lui, ne bouge pas d'un pouce et se serre encore plus contre son grand frère. Il est impressionné, pourtant le voilà qui réclame une autre histoire, comme le font tous les enfants du monde.

— Allez Félix, une autre... juste une autre.

Tirant sur sa pipe, l'oncle sourit, ses yeux pétillent. Il se gratte la gorge et entame le conte suivant.

Un soir, sur la route de Saint-Sever, deux jeunes filles très apprêtées se rendent au village. S'y tient une veillée où l'on danse. Il y aura de beaux gars, et elles en parlent en riant comme font les filles quand elles parlent des garçons.

Au bord du chemin, près d'un haut monticule rocheux, un homme apparaît soudain, sortant de nulle part, qui leur demande, d'une voix mielleuse, où elles se rendent ainsi réjouies.

— Nous allons à Saint-Sever, chanter et danser à une veillée.

— Puis-je vous y accompagner ? Je joue du violon, dit l'homme en exhibant la boîte qu'il porte en bandoulière.

Malgré la pénombre du soir, les deux jeunes filles trouvent cet homme fort élégant. Il est si bien habillé qu'il ne peut s'agir que d'un noble en goguette. De bonne compagnie, certes. À peine s'en vont-elles bras dessus, bras dessous, avec le bel inconnu que voilà le trio déjà arrivé, comme par magie, à l'entrée de Saint-Sever. Les deux jeunes filles n'ont pas vu le temps passer.

À la veillée, chacun s'active pour préparer la piste. Il faut balayer, disposer des bottes de foin, dresser des lampions. À cet exercice, l'homme élégant se montre si adroit qu'il finit seul la besogne. Les autres, bien heureux de l'aubaine, pourront chanter et danser plus tôt.

La fête commence. Sitôt que l'homme sort son violon, les jeunes se mettent à chanter. Lui-même entonne les chants. Il les connaît tous, et sa voix ensorcelle l'assemblée. Surtout les filles. Puis on se met à danser au son de la vielle à roue. Le violoniste est aussi, on s'en serait douté, un excellent danseur. Il virevolte avec une grâce étonnante en tenant, sans jamais le renverser, son gobelet de vin toujours plein, tant et si bien qu'il s'engoue en buvant. Il quitte la pièce en toussant dans son mouchoir.

Les vieux fermiers, qui étaient déjà au lit, le voient passer devant leur chambre et se diriger vers la partie sombre du couloir. Se levant sur la pointe des pieds, ils vont pour l'espionner et le voient tousser… de grandes flammes, tandis qu'une odeur de soufre envahit le couloir.

À cette vue, terrifiés, ils sortent discrètement par la fenêtre et vont prévenir l'archiprêtre qui loge près de chez eux. Dès qu'il entend l'histoire, celui-ci enfile sa chasuble et se rend à la fête sans attendre. Il ouvre la porte de la ferme sans faire de bruit, se précipite dans la salle où les danseurs gigotent et, à la grande surprise de tous, se dirige vers le Diable danseur. Il jette sur lui un plein petit seau d'eau bénite qui le fige sur place et le fait crier de fureur.

C'est ainsi que les fêtards, découvrant qu'ils ont été abusés, se saisissent de l'individu immobilisé pour l'emmener au loin. Le Diable demande en gémissant qu'on le ramène au moins à l'endroit où les jeunes filles l'ont croisé, près du haut rocher au bord de la route.

Une fois arrivé là, il reprend un peu de forces et se met à hurler.

— Je cherchais juste une jeune femme à épouser. Mais je me vengerai, je le jure!

Et dans un grand éclat de rire il échappe à tous en se transformant en tornade.

L'archiprêtre crie:

— Couchez-vous!

Et il fait bien car en tous sens, feuilles, branches et même pierres, portées par la fureur du vent, volent dans les airs, terrorisant les jeunes recroquevillés au sol. Ils ont tous eu une peur bleue!

Sur la route de Saint-Sever, on raconte encore cette histoire quand les filles veulent un peu trop aller danser.

E cric crac
Moun counte es acabat.

Le petit Eugène est saisi par ce qu'a dit le Diable.

— Félix, est-ce vrai que le démon a voulu se marier ?

— Pour sûr mon drôle, et plus d'une fois…

— Dis-moi, Félix, dis-moi comment il a fait ?

— Il est bien tard maintenant…

— Allez Félix, s'il te plaît…

— D'accord, mais c'est la dernière, sourit l'oncle en jetant une bûche dans l'âtre.

Un jour, au cœur de la forêt, un loup, un corbeau et une fourmi ayant acheté ensemble un cochon se trouvent fort ennuyés car ils ne savent comment le partager équitablement.

Le loup demande au corbeau de monter dans le ciel pour aviser un homme portant un couteau. Au bout d'un moment, le corbeau aperçoit un soldat qui passe, il vole jusqu'à lui et lui demande son aide.

— D'accord, dit le soldat, qui n'avait, jamais de sa vie, imaginé parler un jour avec un corbeau.

Ni une ni deux. Le soldat s'empresse de découper le goret comme il l'a vu faire à la ferme. Puis fait le partage selon les vœux des animaux. La tête revient à la fourmi, les tripes au corbeau et le reste au loup.

Le soldat essuie son couteau, le range et s'apprête à repartir. Mais les bêtes ne veulent pas le laisser s'éloigner ainsi, sans marquer leur gratitude.

Aussi le loup prend-il la parole :

— Arrache-moi un poil et quand tu prononceras la formule « Par la vertu de mon poil de loup », tu te transformeras en un loup invincible.

Le corbeau, lui, croasse :

— Arrache-moi une plume, et quand tu diras « Par la vertu de ma plume de corbeau », tu deviendras le plus vaillant corbeau.

La fourmi déclare enfin, de sa petite voix :

— Arrache-moi une patte, mais celle du milieu s'il te plaît, et quand tu chuchoteras « Par la vertu de ma patte de fourmi », tu te changeras en fourmi minuscule.

Le soldat reprend donc sa route avec dans sa poche un poil, une plume et une minuscule patte rangés dans un mouchoir.

Bientôt la nuit tombe, et le jeune homme cherche un abri. Il aperçoit une lumière qui scintille. C'est celle d'une belle maison recouverte de lierre.

Il frappe à la porte. Personne ne lui répond. Il fait alors le tour de la demeure et aperçoit par l'encadrement d'une fenêtre une jeune femme en pleurs assise sur un sofa rouge. À côté d'elle, un lit rouge, tout autour d'elle, des rideaux rouges.

Le soldat revient vers l'entrée et pousse la porte.

La belle, qui sanglote toujours, lève les yeux, tremblante, et lui dit d'un air effrayé :

— Partez, malheureux, fuyez immédiatement. Vous êtes ici chez le Diable !

— Le Diable ! Mais vous alors, que faites-vous ici ? demande le soldat.

— Malheur ! Le Diable est revenu dans notre région, il a tué ma sœur sur la route de Saint-Sever et m'a enlevée. Il me harcèle, il veut que je sois sa femme.

— Certainement pas ! s'emporte le jeune soldat. Je vous jure que vous ne le serez point. Je vous défendrai jusqu'à la mort, s'il le faut.

— Oh, vous feriez ça ? soupire la jeune femme.

Soudain, on entend le Diable qui passe la porte.

D'un geste vif, le soldat prend la patte de fourmi entre le pouce et l'index et chuchote : « Par la vertu de ma patte de fourmi. »

Et hop, il devient minuscule.

Toujours élégant dans ses habits rouges, le Diable s'approche de la jeune fille, lui sourit avec une drôle de lueur dans les yeux, lui parle d'une voix doucereuse et commence à la cajoler.

Mais la belle le repousse, encore et encore. De guerre lasse et sûrement fatigué par toutes les malfaisances de sa journée, le démon se couche sur le lit rouge et s'endort. Des flammèches sortent de son nez à chaque ronflement. Pendant que la belle essaye de se reposer sur le sofa.

Le lendemain, une fois le malin parti, le soldat reprend forme humaine et dit à la belle :

— Ce soir, vous vous laisserez cajoler un peu plus longtemps et vous lui demanderez : « Mais toi, toi si fort, où est ta mort ? »

Elle promet qu'elle le fera. Elle fait toute confiance au gentil soldat. Il semble qu'elle soit bien amoureuse de lui… qui de son côté est fort épris aussi.

Le soir venu, le Diable revient et entreprend de nouveau d'attendrir sa belle. Elle se défend comme elle peut, puis vient le moment où elle lui pose la question :

— Mais toi, toi si fort, où est ta mort ?

— Ah ma mie, si tu savais, dit-il en grimaçant. Elle est hors d'atteinte. Elle se trouve dans un œuf de pigeon, qui se trouve dans le ventre d'un loup, qui se trouve au-delà des mers.

Entendant cela, sans attendre une seconde de plus, le soldat part chercher l'œuf magique. Fourmi, il sort de la maison en passant sous la porte, et une fois dehors se transforme en corbeau par la vertu de sa plume et vole jusqu'au bord de la mer, qu'il traverse.

Une fois de l'autre côté de la mer, il redevient humain et rencontre un grand propriétaire à la recherche d'un berger sans peur pour garder son immense troupeau. Chaque jour, en effet, un loup rusé comme un renard et féroce comme un tigre déboule d'on ne sait où vers les moutons et en égorge plusieurs.

Parfois même il égorge le pâtre, pour faire bonne mesure. Le soldat propose au seigneur de se mettre à son service, et le voilà assis près de ses bêtes dans un vallon de très grande taille.

Un loup aux yeux de braise se faufile vers les brebis rassemblées. Le soldat le voit et comprend tout. Par la vertu de son poil (de loup), il prend lui-même la forme d'un terrible animal, plus féroce encore qu'un tigre. Il se jette sur l'intrus, l'égorge d'un seul coup de mâchoire et sans hésiter l'éventre du haut jusqu'en bas. Ziiip.

Du ventre de la bête s'envole un pigeon – un peu faible quand même après son séjour inhospitalier. Péniblement, l'oiseau se pose au sommet d'un pin. Le soldat-loup, par la vertu de sa plume, devient corbeau, rejoint d'un seul coup d'aile le pigeon au sommet du pin, le tue – pauvre pigeon – puis, le rapportant sur la terre, l'éventre et en sort un œuf. C'est bien l'œuf, il en est certain.

Porté par sa mission et ne craignant pas la fatigue, le soldat-corbeau traverse la mer en sens inverse, en tenant le précieux œuf magique dans son bec. Il arrive chez le Diable où, on s'en doute, la jeune fille l'attend avec impatience car son hôte flamboyant se fait de plus en plus pressant et menaçant.

Elle met l'œuf dans sa poche et, le soir même, quand le Diable entreprend ses manœuvres d'approche… elle lui écrase l'œuf sur la tête. Le Diable pousse un cri déchirant et s'effondre. Mort.

Le soldat ramène la jeune fille chez ses parents, pas très loin de Saint-Sever. Puis, après avoir demandé son consentement à genoux, comme il convient, il épouse sa belle.

Le Diable est vaincu, les époux réunis.

Tout est bien qui finit bien.

E cric crac
Moun counte es acabat

Le petit Eugène dort, bien calé contre son frère. Il s'est endormi, soulagé, dès qu'il a compris qu'il y aurait un mariage.

Le Drac de l'Océan, la belle et la sirène du Bassin

On sait peu de chose sur le Drac, ce prince des eaux vivant dans un château entre vagues et abysses. Certains jurent l'avoir vu remonter la Garonne sous la forme d'un gros animal mi-serpent mi-dragon, d'autres prétendent avoir aperçu sa tête couverte d'algues sortant de l'écume les jours de tempête océane, tel un furieux Poséidon à la queue de poisson luisante.

Une qui l'a vu, pour de vrai, c'est Jeanneton. Et pour cause : le Drac a voulu l'épouser !

Non loin des rivages où le Drac demeure, à quelques lieues à peine, Jeanneton vit heureuse avec son père, sa mère et ses deux frères Jan et Jean. À seize ans c'est la fille la plus gracieuse que l'on puisse imaginer.

Lorsqu'elle coiffe ses cheveux blonds, c'est comme si des cascades de blé en jaillissaient. Lorsqu'elle lave ses mains, des reflets de soleil s'en écoulent comme autant de pièces d'or. Et gentille avec ça, aimable et douce, calme et souriante. Ses frères l'adorent et tous les trois sont inséparables.

Mais leur mère meurt bientôt d'une maladie aussi foudroyante qu'épouvantable. Ils sont écrasés par le chagrin. Le père semble inconsolable, et ne parvient pas à sortir de sa mélancolie. Ses enfants le poussent à accepter les invitations des seigneurs des environs. Il s'y résout enfui, et se met à sortir de chez lui, jusqu'à ce qu'il tombe sous la coupe d'une veuve qui convoite son domaine.

Le père se met donc en ménage, ainsi que cela arrive souvent, avec la plus mégère des marâtres. Elle est de plus affublée d'une fille, Marie-Javotte, tout aussi méchante qu'elle, mais laide et sotte, en plus. Le père, satisfait de son nouveau foyer, reprend ses voyages au long cours.

Pendant que le père est absent, la marâtre et sa fille mènent la vie dure aux deux frères et à la sœur. Elles obligent les frères à se transformer en palefreniers, porte-faix et cureurs de fossés de la demeure pour économiser sur le personnel. Et Jeanneton devient leur domestique, toujours à récurer, frotter, polir, dormant dans une soupente humide pendant que Marie-Javotte se prélasse dans son ancienne chambre.

Le père pendant ce temps est sur les flots, à la guerre ou en voyage d'affaires, bref, jamais là où il faudrait.

Un jour, n'en pouvant plus, Jan et Jean, qui sont de solides gaillards n'ayant pas froid aux yeux, las de la vie qu'ils mènent, décident de fuir pour s'engager dans l'armée du roi.

— On ne peut plus rester ici, Jeanneton, expliquent-ils à leur sœur. Nous allons partir à la guerre, faire fortune et nous reviendrons te chercher pour te donner un bon mari, riche et aimable. Promis, chaque jour que Dieu fait, nous penserons à toi et embrasserons ton portrait sept fois. Nous en faisons le serment. Pendant ce temps, tiens bon, et fais confiance à notre père qui, une fois revenu de ses voyages, aura à cœur de te protéger de la marâtre. Nous en sommes certains.

—Que Dieu vous entende, leur répond Jeanneton.

Jan et Jean font réaliser en cachette un beau portrait de leur sœur à l'abri d'un petit retable portatif, puis ils partent nuitamment rejoindre les armées du roi, laissant Jeanneton passer la serpillière pour la énième fois dans la cuisine mal aérée.

Jeanneton pourrait penser que ses frères la laissent tomber, mais non, elle croit en eux, elle sait qu'ils vont revenir un jour avec une dot et un bon mari. Cette pensée la soutient tandis qu'elle récure les toilettes de la marâtre ou cire les escarpins de Marie-Javotte.

Parfois, pour oublier un peu la dureté des temps, elle va le soir marcher au bord des flots et court dans les vagues pour tenter de se laver des méchancetés qu'elle subit. En pensant toujours à ses frères.

Dans ces brefs instants de répit, Jeanneton ne remarque pas les yeux qui l'observent depuis la mer. Ne serait-ce pas le Drac qui la guette ?

J'ai dit que Jan et Jean sont de courageux gaillards, solides et pas fainéants quand il s'agit d'occire les ennemis du royaume – qui sont nombreux à cette époque. Le fils du roi lui-même a remarqué leur vaillance, leur loyauté. Il les a pris en sympathie et intégrés à sa garde personnelle. C'est simple : il ne peut plus se passer d'eux.

Un jour, par curiosité, le Prince leur demande :

— Je n'ai pu m'empêcher de remarquer que vous embrassiez sept fois par jour un portrait. Pouvez-vous me le montrer ?

— Le voici, Monseigneur, dit Jan, en sortant le pendentif de son pourpoint. Ce portrait est celui de notre sœur, la belle Jeanneton, aimable et douce comme pas deux.

— Elle est si belle que, lorsqu'elle se coiffe, des flots de blé jaillissent, et quand elle lave ses mains, de l'or s'écoule, renchérit Jean.

— Ma foi, elle est fort belle, dit le Prince, ébloui. Puisque la guerre est en train de s'achever, je vous libère. Allez la chercher et, si elle est vraiment comme vous le dites, je l'épouserai. Mais si vous m'avez menti, mon dépit sera aussi grand que ma vengeance sera terrible !

Les deux frères partent donc rejoindre leur sœur. Ils trouvent la maison sens dessus-dessous. Leur père, en revenant de ses périples, a trouvé Jeanneton en haillons, en train de curer les fossés. Il a donc remis les choses en ordre. La marâtre fait la tête à la cuisine. Marie-Javotte boude dans le boudoir, mais au moins Jeanneton a retrouvé sa chambre et des habits convenables. Elle est heureuse comme jamais de retrouver ses frères en vie. Effusions et embrassades. Le père jubile d'avoir à nouveau ses trois enfants autour de lui.

— Père, nous venons chercher notre sœur que le Prince veut épouser, déclare Jan. Nous devons l'emmener auprès de lui afin qu'il lui fasse sa demande.

— Certes, mes fils. Si une jeune fille a toutes les qualités pour se marier à un prince, c'est bien notre Jeanneton ! Elle est si gentille.

Entendant cela, la marâtre conçoit un plan diabolique. Le soir venu, elle réussit à convaincre son mari de la laisser accompagner les frères et la sœur au château du Prince. On se demande bien quels arguments elle emploie pour étayer sa requête mais, quoi qu'il en soit, le mari, bonne pâte, accepte.

Le lendemain, les deux femmes montent dans un carrosse, tandis que les deux frères se juchent sur le siège du cocher. Juste avant le départ, en catimini, Marie-Javotte se glisse à côté de sa mère avec un sourire mauvais.

Jeanneton est un peu surprise, mais ne dit rien – elle est si gentille... et puis elle ne pense qu'à l'avenir radieux. Pour l'occasion, elle a revêtu une belle robe blanche et couvert sa tête d'une voilette de tulle.

Le carrosse roule à vive allure à travers des bois profonds et des champs immenses quand, ni une ni deux, la marâtre sort un gourdin de son sac et porte un coup terrible sur la tête de Jeanneton. Aussitôt, Marie-Javotte se jette sur elle, la déshabille et enfile la robe et la voilette, tout en tentant vainement de chausser ses jolis escarpins, eux aussi blancs. Puis, sans perdre une minute, la marâtre ouvre la portière du carrosse et projette au-dehors Jeanneton avec la vilaine robe de Marie-Javotte.

La malheureuse atterrit dans un buisson sous le rire sardonique de la marâtre et de sa fille. Pendant ce temps, ignorant ce qu'il se passe, les deux frères fouettent les chevaux car le Prince ne doit pas attendre.

Le Prince, impatient de voir sa promise arriver, guette les voyageurs sur le perron du château. À peine voit-il le carrosse stationner qu'il dévale les marches et se précipite vers la jeune fille en blanc qui en descend. Il lui demande de soulever le voile de tulle. Découvrant le visage disgracieux de Marie-Javotte, il manque s'étouffer.

Se tournant vers les deux frères ébahis, il tonne :

— Vous m'avez trompé ! Votre sœur est un vrai laideron. Gardes, jetez ces deux traîtres au fond d'une oubliette.

Puis, se tournant vers Marie-Javotte et sa mère qui protestent, il crie, furieux :

— Comment osez-vous m'adresser la parole ? Gardes, mettez ces deux créatures dans un sac et jetez-les à la mer !

Sur ce, il remonte dans ses appartements, dépité et triste. Jamais il ne verra paraître la jolie jeune femme au portrait enchanteur.

Jeanneton, au même moment, se réveille au milieu d'un bourbier de buissons, affublée d'une robe affreuse et trop grande pour elle. La courageuse jeune fille, toute crottée et à moitié estourbie, s'extirpe comme elle peut de l'enchevêtrement de végétation. Se dressant sur ses pieds, elle aperçoit au loin une lumière dans la nuit qui tombe. Il s'agit d'une petite ferme entourée de vergers, et dont une fenêtre est faiblement éclairée.

Une vieille jardinière qui l'occupe la prend en pitié et l'accueille en lui offrant le gîte, ainsi qu'un bol de soupe.

— Pauvre petite, tu m'as l'air bien mal en point, lui dit-elle, si tu veux m'aider à vendre mes fruits, tu pourras rester avec moi. Mais va d'abord te laver dans cette bassine.

— Grand merci de votre hospitalité, déclare Jeanneton qui, allant se débarbouiller, laisse retomber les flots de blé et d'or de ses cheveux.

La vieille tombe instantanément sous le charme de la blonde jeune fille. Il faut dire qu'elle a tout de suite repéré qu'avec tant de beauté – et de gentillesse – elle fera une magnifique vendeuse. Les chalands vont en être fous.

Deux jours plus tard, Jeanneton se retrouve avec deux grands paniers de fruits à vendre sur le marché qui se tient au pied du château du Prince. Il fait beau, les oiseaux chantent, et ce que la vieille a pressenti se confirme : la gentille marchande vend toutes ses pêches et tous ses abricots en moins de temps qu'il ne faut pour le dire. Rapidement, il ne lui reste plus rien à proposer alors que le marché est loin d'être fini. Elle prend alors ses deux couffins et fait un tour parmi les étals en souriant à tout le monde.

Le Prince, qui se désespère à sa fenêtre, l'avise de loin. Mais c'est une apparition furtive, car la belle disparaît aussitôt de son champ de vision, il ne parvient pas à la retrouver. Elle a dû partir là-bas, du côté de la mer.

Le jour du marché suivant, il la guette, l'aperçoit encore, mais, le temps qu'il réagisse, elle a encore disparu. Jeanneton a pris l'habitude, une fois ses fruits vendus, d'aller se baigner dans les vagues, à l'abri d'une petite crique discrète. C'est là, sur ces rochers, au bord des flots, qu'elle peut un instant oublier ses malheurs.

Le Prince, lui, est bel et bien tombé amoureux de la jolie marchande. Elle lui rappelle quelqu'un, mais sa mémoire chancelle.

— Savez-vous qui est cette gracieuse paysanne avec ses deux paniers ? demande-t-il à ses gens.

— Sur le marché, nul ne la connaît vraiment, on sait juste qu'elle vient vendre ses pêches et ses abricots puis qu'elle s'en va vers la mer.

— Courez la chercher, je veux faire sa connaissance, ordonne-t-il.

Ses gens se précipitent dans les dunes et ils la repèrent enfin dans sa crique en train de se baigner. Mais, alors qu'ils se dirigent vers elle pour l'emmener, ils n'en croient pas leurs yeux : d'un coup, elle disparaît dans les flots, prise par une immense vague.

Le Drac, qui guettait la belle depuis longtemps, est en effet sorti de l'eau dans une grande gerbe d'écume et l'a emportée.

Car le Drac, tout comme le Prince, est tombé fou amoureux de la belle Jeanneton.

Il la conduit dans les profondeurs jusqu'à son château, un palais d'or et de diamants, enchâssé dans une bulle sous la mer.

— Je suis le Drac, le roi des eaux, déclare-t-il à Jeanneton. Voici une robe couleur de soleil et une couronne d'étoiles qui contient tous les pouvoirs magiques de l'océan, pouvoirs de vie comme de mort. Cette couronne est à toi. Je veux que tu deviennes ma femme. Tu seras ma reine.

— Drac, tu n'es pas de la race des chrétiens, répond soudainement Jeanneton d'un ton très ferme. Oui, je fus toujours docile, mais ma docilité a atteint ses limites. Trop de malheurs sont tombés sur moi. Je veux désormais faire ce que je souhaite. Je suis bonne catholique et suis promise à un prince. Jamais je ne t'épouserai.

— Comment oses-tu me dire non ? Personne ne peut résister au maître des océans ! Un jour ou l'autre tu me diras oui, je le jure. En attendant, tu es ma captive.

Ayant dit cela, il fixe à la cheville de la belle un anneau auquel pend une chaîne d'or si fine qu'elle est presque invisible, si longue qu'on n'en voit pas le bout, et si dure qu'elle tient la jeune fille prisonnière.

— Voici notre marché : tu pourras tout le jour marcher sur la mer, mon domaine, autant que tu voudras, tu es libre d'aller où bon te semble. Dès que tu voudras revenir au château, il te suffira de dire : « Drac, Drac, tire la chaîne, et dans la mer m'emmène. » J'enroulerai le lien et tu reviendras vers moi.

C'est ainsi que la pauvre Jeanneton se trouve captive du Neptune de l'océan Atlantique. Qu'ai-je fait pour mériter un tel sort ? se demande-t-elle en se promenant sur les flots.

Un jour, elle passe non loin d'une plage où les palefreniers du Prince baignent leurs chevaux. L'un d'eux la reconnaît.

— Monseigneur, regardez ! s'exclame-t-il. Là, sur l'eau, regardez ! C'est la jolie demoiselle qui vous fait perdre l'appétit !

—Oui, c'est bien elle, je la reconnaîtrais entre mille, c'est la jeune paysanne du marché ! s'écrie le Prince.

Sent-elle son regard, se doute-t-elle qu'on l'aime ? Quoi qu'il en soit, la belle Jeanneton se met à chanter :

Le Drac m'a enlevée,
Par le pied m'a attachée
Avec une chaîne dorée
Mais demain, je reviendrai...

Et comme le soleil baisse, elle prononce la formule :

—« Drac, Drac, tire la chaîne, et dans la mer m'emmène. »

Aussitôt elle disparaît au milieu des vagues.

Le Prince se retire, fort ému, et passe la nuit entière en prières. Au matin, il saisit sa hache la plus affûtée, monte sur son fier destrier et fonce vers la mer.

Quand il voit apparaître sur les flots Jeanneton dans sa robe de soleil, couronnée d'étoiles, il lance son cheval dans l'océan, attrape la belle par la taille, la hisse à califourchon devant lui et la porte ainsi jusqu'à la plage où, d'un formidable coup de hache, il tranche la chaîne dorée.

Le Drac, sentant que le lien d'or est rompu, comprend que Jeanneton lui a échappé. Hurlant de rage, il déclenche alors la plus grosse tempête qu'on ne vît jamais sur les côtes d'Aquitaine.

Mais le cheval du Prince est fort comme cent. Il brave le vent et s'enfonce entre les dunes et les pins, là où le pouvoir du Drac ne peut plus l'atteindre.

— Merci, fils du Roi, de m'avoir sauvée, dit-elle alors qu'il l'aide à mettre pied à terre. Vous ne me connaissez pas, mais moi je vous connais.

— Chacun connaît le fils du Roi, hélas… !

— Moi je vous connais mieux encore, car je vous porte dans le cœur.

— Qui es-tu ?

— Je suis Jeanneton, je fus votre promise.

— Tu es la belle Jeanneton ? Je le sentais, je savais que j'avais déjà vu ton visage. On dit que lorsque tu peignes tes cheveux…

À ces mots, elle saisit un peigne dans sa manche et des flots de blé d'or jaillissent de sa chevelure, puis elle se passe les mains sous l'eau et de l'or coule sur le sol.

Le Prince voit qu'il s'agit bien d'elle, la jeune fille dont Jan et Jean parlaient. Il se met à genoux pour lui demander sa main.

— Certes oui, je le veux, soupire Jeanneton illuminée de joie, mais il me faut le consentement de ma famille, de mes frères, au moins.

— Hélas ! je crains qu'ils ne soient morts dans le cul de basse-fosse dans lequel je les ai fait jeter !

— Menez-moi auprès d'eux, mon beau seigneur, demande la belle d'un ton assuré.

Une fois au bord de la terrible oubliette où Jan et Jean sont tombés comme des pierres, elle saisit sa couronne d'étoiles et la lance au fond du trou. Dans la lumière qu'elle dégage, on voit les deux gaillards se relever de la paille humide, forts comme naguère. On leur envoie une corde, ils se hissent hors du trou et serrent leur chère sœur dans leurs bras.

Le soir même, on célèbre les noces du Prince et de Jeanneton, dont la gentillesse après tous ces malheurs est enfin récompensée. Jamais on ne vit une telle joie au château.

Pendant ce temps, le Drac fulmine. Les mouettes lui ont tout rapporté de la magnificence de la noce. Il se sent seul, rongé d'amertume. Malgré sa toute-puissance, il doute. Qui voudra de lui et de son château sous la mer ? Quelle créature pourrait avoir envie de s'installer là, près de lui, alanguie entre les algues ? Quelle femme quand elle se coiffe fait tomber de l'or de ses cheveux comme le faisait Jeanneton ? Qui ?

Une sirène, bien sûr ! pense soudain le Drac. En effet, chacun sait dans les landes de Gascogne que les sirènes de la mer et des fleuves ont des cheveux si fins qu'ils ruissellent d'or lorsqu'elles les coiffent.

— Oui, mais comment en trouver une aussi gentille que la belle Jeanneton ? se lamente le Drac.

Car chacun sait aussi que les sirènes sont de terribles monstres. Une fois qu'elles ont attiré les marins par leur chant, elles leur sucent la cervelle et le sang, puis leur mangent le foie, le cœur et les intestins. Oui, ces sirènes sont bien moins aimables que Jeanneton, malgré leurs airs angéliques et leurs voix enchanteresses.

Le Drac, que le chagrin d'amour a affaibli, comprend alors qu'il doit prendre conseil sur la meilleure manière de trouver la sirène parfaite. Mais à qui se confier ? Toutes les créatures de son royaume tremblent devant lui. Nulle d'entre elles n'oserait lui parler. Ses chambellans eux-mêmes sont de vieilles pieuvres craintives.

Il pense alors à un vieux pêcheur qu'il côtoya dans sa jeunesse, solide et amical. Martin tend ses filets ici et là dans le Bassin d'Arcachon, le Drac le croise parfois sur sa pinasse blanche. Martin est un sage qui connaît la mer et ses habitants.

Filant comme une raie au-dessus des flots, le Drac se trouve bientôt du côté de Taussat, devant la cabane en planches bleues du pêcheur.

— Martin, mon ami, es-tu là ?

— Ah, c'est toi le Drac, bien le bonsoir. Que cherches-tu ici au fond du Bassin, parmi les algues et les huîtres, toi le roi de la mer ?

—Je cherche femme à mon goût, vieux pêcheur, je cherche une sirène qui puisse être assez aimable pour vivre avec moi. Qui ne veuille ni me mordre, ni me manger. En connais-tu ?

—Ma foi… mais que me donneras-tu, roi de la mer, si je t'en montre une ?

—Je te promets une pêche miraculeuse à chacune de tes sorties en mer, foi de Drac.

—Eh bien, marché conclu. Écoute bien, roi de la mer. Il y a, près du banc d'Arguin, une sirène qui ne vit pas en troupeau avec les autres monstres de son espèce, car elle est trop bonne et ne veut manger personne. Nul ne l'a jamais vue de près parce qu'elle est verte. Oui, verte comme les herbes de la mer parmi lesquelles elle réside. Quand elle s'enfonce dans les vagues, elle trouve toujours un endroit où celles-ci affleurent et ainsi elle échappe aux regards. Elle aussi chante, la nuit, mais si doucement que sa voix se perd dans la brise, et si harmonieusement que les oiseaux nocturnes se taisent à son approche.

—Comment la trouverai-je ? demande le Drac.

—Au moment précis où le soleil se couche, un rayon vert surgit un bref instant de l'endroit où elle fait surface pour la nuit. Il faut le guetter, puis foncer pour la retrouver.

—J'y parviendrai, nul n'est plus rapide que moi. Merci Martin. Si elle accepte d'être ma femme, je tiendrai ma promesse.

Ragaillardi, le Drac rentre dans son château sous la mer. Le lendemain, au coucher du soleil, il guette, près du banc d'Arguin, le rayon vert tant espéré.

Le voici ! Il l'aperçoit, fugace, tout là-bas entre le Cap-Ferret et la houle du large. Alors, plus rapide que l'éclair, il vole au-dessus des flots et surgit dans le soleil couchant, au moment même où la jolie sirène verte sort la tête de l'eau. Inutile de préciser qu'elle est terrorisée par l'apparition du Drac.

—Ne crains rien, aimable sirène, je ne te veux aucun mal, au contraire. Je souhaite juste te parler.

—Me parler, roi des eaux ? Et de quoi donc ? susurre la belle créature d'une voix de flutiau.

— Te parler… d'amour, répond le Drac. Car je veux que tu sois ma femme.

— Ne craignez-vous pas les sirènes, beau sire ? Ne savez-vous point ce qu'on dit d'elles ?

— Bien sûr, je le sais, car je suis le roi des eaux, mais je sais aussi que tu vis seule loin de tes semblables parce que tu ne veux pas, comme elles, manger de chair et boire de sang.

— En effet, mais voyez ma couleur, voyez comme je suis verte.

— Tu es de la couleur des herbes de mer et la plus belle des sirènes. Viens avec moi dans mon château et je ferai de toi la reine des mers.

Elle baisse les yeux, modestement, et sans un mot, suit le Drac d'un vigoureux coup de nageoire.

Tout à leurs échanges romantiques, le Drac et sa sirène n'ont pas vu deux silhouettes qui depuis la plage les observaient. Le Prince et la princesse Jeanneton viennent chaque soir guetter le rayon vert porte-bonheur en échangeant des mots doux. Ils sont attendris par ce qu'ils viennent de voir, de loin. Le Drac a vite oublié Jeanneton, se dit le Prince, tant mieux, j'ai suffisamment d'ennemis.

Comme on le voit, l'affaire avec la sirène verte s'est conclue le temps de quelques vagues, à la grande satisfaction du Drac. Quand elle arrive au château sous la mer, la sirène est éblouie par la magnificence des lieux. Le Drac lui donne une couronne d'étoiles, puis l'installe dans une chambre d'algues luminescentes et de coraux multicolores d'un luxe inouï. Elle n'a pas moins de sept suivantes à son service.

Le lendemain, le Drac fait venir ses trois chambellans pour organiser les noces.

— Mais sire, dit le plus vieux d'entre eux en tremblant de peur, votre promise, votre promise…

— Eh bien qu'a-t-elle, ma promise ? Parle !

— C'est qu'elle est, elle est… bien… verte.

— Oui, je le sais, et alors ?

— Ne craignez-vous pas d'avoir une descendance… verte, sire ?

— Des Dracs verts sembleront ne pas être de votre lignée, explique doctement le deuxième conseiller. Le Drac est couleur de mer, bleu ou gris selon les moments, jamais vert.

— Un Drac vert ne fait peur à personne. Personne n'obéira à un Drac vert, ajoute le troisième conseiller.

Furieux, le Drac claque la porte de la salle et va se consoler auprès de sa belle. Il la trouve en larmes. Elle lève les yeux vers lui et chuchote entre deux sanglots :

— Mes suivantes se moquent de moi derrière mon dos, elles rient de ma couleur, me proposent des onguents, des poudres et des crèmes…

— Je vais les punir sur l'heure, tonne le Drac.

— Non, beau sire, n'en faites rien.

— Tu as raison, laissons dire, rien ne peut être plus fort que notre amour, n'est-ce pas ?

— Certes, beau sire, soupire la sirène.

Hélas ! Le lendemain, la belle verte n'est plus dans sa chambre et nul ne l'a vue au château. Le Drac comprend que sa gentille sirène est partie pour ne pas lui imposer un amour contre nature. Fou de désespoir, il fonce à l'entrée du Bassin d'Arcachon, cherche partout, fouille les ondes. En vain.

Le Drac a beau être un monstre, on peut avoir pitié de lui. Pauvre Drac. Sa promise a disparu pour toujours parmi les herbes.

Pour toujours ? Pas si sûr… Celui qui aura la patience de regarder le soleil se coucher apercevra parfois le rayon vert, comme le font Jeanneton et son Prince. C'est la sirène du Drac qui se manifeste, n'en doutez pas. Elle est toujours là. Elle veille sur les poissons du Bassin, les huîtres et les jolis petits crabes verts, ces étrilles si véloces que l'on déguste en soupe, le soir avant la veillée, avant de se raconter des histoires de sirènes.

L'Agenaise aux trois soupirants

(Conte licencieux)

Margot vit dans un petit village, non loin d'Agen. Ses parents, prunicul-teurs, sont plutôt aisés, et Margot, fort belle et maligne, ne manque pas de prétendants. Trois d'entre eux trouvent toujours une bonne raison de lui rendre visite, chaque jour ou presque. Ces trois-là sont sortis du même moule : grands, forts, bruns de poil et de prunelles, on les dirait frères tant ils se ressemblent. Leur cour est sincère mais leur désir trop pressant. Margot, vaillante et constamment de bonne humeur, a toujours une bonne raison de les envoyer promener.

Un jour qu'elle aide son vieux père à embarquer sur une gabarre les barriques de pruneaux destinées au marché de Bordeaux, elle voit l'un de ses soupirants, le Jean, fils du bottier, descendre vers le quai par la rue de la Garonne.

Alors qu'il s'approche d'un air doucereux, une idée vient à la jeune femme.

— M'aimes-tu, Jean ?

— Ah, tu le sais bien, Margot, va, que je t'aime.

— Tu ferais n'importe quoi pour me le prouver, n'est-ce pas ?

— Tout ce que tu voudras, belle Margot.

— Eh bien, va à l'église de mon village à la nuit tombée, en secret, étends-toi dans la caisse du mort, le cercueil qu'il y a toujours dans l'allée du côté, couvre-toi du drap noir et restes-y toute la nuit sans bouger.

— Mais, Margot...

— M'aimes-tu, Jean ?

— Oui ! D'accord, je le ferai.

Une fois Jean parti, Margot, tout sourire, se remet à l'ouvrage avec ardeur, son vieux père peinant à rouler les barriques jusqu'au plat-bord de la gabarre.

Mais voilà qu'approche Raymond, le fils du savetier. Roulant des yeux enamourés, il s'apprête à conter fleurette à la belle. Raymond n'est pas bien malin (ça non!), mais c'est un beau jeune homme qui, d'ailleurs, ressemble au Jean à s'y méprendre.

—Ah! Margot, Margot, si tu voulais...

—Eh oui, je sais! Mais dis-moi, m'aimes-tu, Raymond?

—Quoi? Mais tu le sais, Margot, je...

—Tu ferais tout pour moi?

—Tout ce que tu veux, je le ferai.

—Eh bien, tu vas aller ce soir en secret dans la chapelle de mon village, vêtu d'un linceul blanc, tu verras un cercueil dans la nef, sur le côté. Pour l'amour de moi, tu le porteras d'un bout à l'autre de l'église toute la nuit, en silence, tel un pénitent sous la croix.

—Mais, Margot...

—M'aimes-tu, Raymond?

—Certes oui... ce que tu veux, je le ferai, dès cette nuit.

Alors que Margot s'apprête à embarquer la dernière barrique, son troisième soupirant, Paul, le fils du tonnelier, vient la trouver avec un poème de sa composition. Car Paul sait écrire et se pique de belles lettres.

— *Quand dans la ville je vois, ô Margot rayonnante, ta lueur sur les quais, mieux que…*

— Oui, oui, mais m'aimes-tu, Paul ?

— En doutes-tu, ô mon astre solaire ? Sache que…

— Ferais-tu n'importe quoi pour moi ?

— Demande ce que tu veux, Margot, et sur l'heure…

— Eh bien, va cette nuit en secret dans l'église de mon village, grimpe en chaire habillé en curé et prêche, en vers, à voix basse, jusqu'au lever du soleil. Et ne t'avise pas de ne pas le faire, car je le saurai.

— Mais, Margot…

— M'aimes-tu vraiment, Paul le poète ?

— *Je ferai ce que voudra Margot, dès cette nuit, car si la lune blanche…*

Sans attendre la fin des vers, Margot grimpe dans la charrette vide, s'assoit à côté de son père et fouette les chevaux pour rentrer au village.

Cette nuit-là, dans l'église obscure où seule luit la veilleuse rouge du Saint-Sacrement, Jean, frigorifié, entre sur la pointe des pieds. Il repère à tâtons la caisse des morts, y grimpe en jetant partout des regards apeurés, s'allonge, se recouvre du voile noir des défunts et referme sur lui le couvercle.

À peine est-il installé qu'il entend quelqu'un entrer dans l'église. C'est Raymond, tel un fantôme blanc, qui n'en mène pas large. À tâtons lui aussi, il trouve le cercueil, le hisse sur son dos et, tout en prenant garde de ne pas se cogner dans les chaises, commence, dans le plus grand silence, à arpenter l'allée collatérale.

C'est alors que le Paul, les cheveux dressés sur la tête et la soutane toute tremblante, monte en chaire et se met à chuchoter un sermon versifié, terrifié par l'obscurité dans laquelle est plongée l'église. Son homélie presque silencieuse produit un joli chuintement d'eau qui coule.

Tout au long de la nuit, chacun des trois jeunes gens guette, angoissé, les petits bruits qui n'ont de cesse d'emplir le silence de la nef.

Au matin, lorsque le sonneur entre pour lancer la cloche, le jour qui pénètre dans l'église dévoile un bien étrange spectacle. Un fantôme porte la caisse des morts tandis qu'un curé, même pas d'ici, marmonne des incongruités en vers chuchotés. Saisi de surprise, Raymond lâche le cercueil ; Jean sort alors de dessous le drap noir... sous les yeux écarquillés de Paul, qui tombe de sommeil.

Les trois se regardent, effarés, et comprennent que Margot s'est bien jouée d'eux. Comme se moqueront d'eux les paroissiens tenus au courant par le bedeau.

Les trois soupirants, mortifiés, disparaissent, et Margot, satisfaite de son coup, s'en réjouit. Bon débarras ! Elle peut enfin se consacrer aux pruneaux et à son pauvre père.

Mais voilà qu'un soir, alors que le vieil homme, fatigué et ne sortant plus guère, se chauffe devant l'âtre, on cogne à sa porte. Le vieux ne bouge pas. Il n'attend personne.

— Oh là ! Quelqu'un pourrait-il accueillir saint Pierre, perdu et affamé ? tonne une voix forte mais implorante.

— Qui est là ? demande le père, un peu dur d'oreille.

— Saint Pierre, mon fils, saint Pierre égaré sur Terre, et au bord de défaillir ! Par l'amour de Dieu, qu'on me donne l'hospitalité.

Le vieux ouvre la porte très doucement, tandis que derrière lui, la mère de Margot sort de la cuisine, intriguée, en s'essuyant les mains.

Que voient-ils ?

Un beau vieillard tout de blanc vêtu, la taille prise dans une large ceinture où pend un trousseau de clefs. Le vieillard s'appuie sur un bâton de marche surmonté d'une croix.

— Entrez, entrez, bon saint Pierre, s'exclame le père en baissant la tête, tandis que sa femme s'agenouille et que Margot, sortant de l'étable et découvrant le spectacle, se signe plusieurs fois en embrassant la petite médaille de la Vierge qu'elle porte au cou depuis son baptême.

Saint Pierre paraît très las de sa longue route. La mère va chercher le souper, et les trois sans rien dire s'assoient en face du grand saint, tandis qu'il dévore une toupine entière de garbure au jambon tout en engloutissant la moitié d'une miche. Puis, se levant et remerciant ses hôtes, il se dirige vers la cheminée et prend place en étendant ses jambes. Il pousse un long soupir de satisfaction.

Confortablement installé devant les flammes, il semble s'assoupir un peu, tandis que ses hôtes, impressionnés, l'observent sans broncher. Tic-toc. On n'entend que le balancier régulier de la grande horloge comtoise.

Quand soudain, du conduit de la cheminée, jaillit une voix formidable.

— Pierre, Pierre, es-tu bien là ? tonne la voix.

— Oui, Seigneur, je suis là, sursaute saint Pierre en s'ébrouant, je me trouve chez d'aimables chrétiens qui m'accueillent pour la nuit.

Inutile de dire qu'au son de la voix divine, Margot et ses parents s'agenouillent, tête basse et mains jointes, figés en dévotion.

— Pierre, Pierre, tu dois me donner un nouveau pape. Allonge-toi avec la première jeune fille que tu rencontreras et engendre-moi un pape pour les générations suivantes. Fais-le pour notre Église, fais-le malgré ton grand âge et fais-le sans tarder !

— Oui, oui, Seigneur, répond en tremblant le portier du ciel. Oui, je m'y engage.

Chacun dans la pièce observe le plus grand silence. On ne sait pas trop comment prendre cette injonction divine.

Finalement, la mère prend la parole.

— Saint Pierre, nous sommes honorés que notre humble famille agenaise puisse engendrer le futur pape de Rome.

Puis, se tournant vers Margot, elle ajoute dans un souffle un peu mélodramatique :

— Ma fille, fais ton devoir !

Margot est bonne chrétienne, soumise aux décrets divins. Elle s'étonne cependant que ses parents puissent l'offrir ainsi au premier barbu venu portant un trousseau de clefs. Elle baisse les yeux et se dirige vers le fond de la maison où se tient sa chambre. Saint Pierre, laissant son bâton près de l'âtre, la suit en faisant sonner ses clefs.

C'est ainsi que les deux se retrouvent dans la pénombre de l'alcôve où saint Pierre, ayant laissé tomber son trousseau et le reste, fait son devoir comme il convient. Margot se trouve fort réjouie de cet allant. Elle comprend vite à sa vigueur qu'il s'agit d'un faux saint mais décide de poursuivre le simulacre des mystères sacrés d'une conception joyeuse. Elle aime la vie, elle a tout à y gagner, cela servira de leçon à ses parents bigots !

Après avoir remis l'ouvrage sur le métier, le bon saint Pierre, tout de même un peu fatigué, lui chuchote :

—Ne bouge pas, mon enfant, je vais me rafraîchir et prier un moment car je pense que je pourrais bien, si Dieu m'en donne la force, reprendre notre conversation.

—Allez, bon saint Pierre, et revenez vite, soupire Margot.

Le vigoureux portier des cieux remet son aube blanche et sort par la porte donnant sur l'étable.

Une fois sorti, Jean – car, vous l'aviez compris, c'était lui – décolle sa belle barbe blanche, ôte sa perruque de neige et les passe à Raymond, qui vient de redescendre du toit où il avait, par la cheminée, tonné comme on l'a vu. Il enfile à son tour le déguisement, la perruque, et se colle le postiche sur le menton avant de rejoindre le lit de la Margot, ravie.

Il fait sa part, Raymond, et plus encore, pour la gloire du futur pape, puis, sur les coups de trois heures du matin, se levant, fourbu quand même, il chuchote à la jeune chrétienne en extase :

— Ma fille, repose-toi pendant que je vais prier le Seigneur. Qu'il me donne la force d'achever notre œuvre commune!

— Allez, beau Saint Pierre, et revenez vite!

Il franchit la porte de l'étable et passe son accoutrement à Paul le poète. Celui-ci prend le relais auprès de Margot, de plus en plus joyeuse – elle affiche tout de même une sacrée santé. Au moment où l'aube va poindre, le barbu se lève, renfile sa longue robe et dit à Margot:

— Il est temps pour moi de reprendre la route, mon enfant. Tu peux dormir à présent. Notre œuvre est achevée, que Dieu la bénisse!

Margot ne s'endort pas. À peine le faux saint parti, elle se lève promptement, ouvre la porte et trouve accrochée au loquet une belle barbe blanche, qui la fait sourire et hocher la tête d'un air entendu. Elle court bien vite jusqu'à la fontaine et s'y lave très soigneusement, nue dans le soleil levant.

Voilà pourquoi il n'y eut jamais de pape en Agenais, à la grande tristesse des parents de la jeune fille, qui se seraient bien vu élever un futur pontife.

Quant à Margot, elle a fini par épouser, pour la forme, Raymond, le plus bête du trio.

Mais en vérité c'est avec chacun des trois qu'elle égaye ses nuits.

BIBLIOGRAPHIE ET SOURCES

Las Naou Peyros

« Radiesthésie et Sorcellerie », Charles Bastard, *Revue de l'Agenais*, Mai-août 1936.

« Les architectures mégalithiques du département de Lot-et-Garonne », article d'Alain Beyneix, *Bulletin de la Société préhistorique française*, 2000, 97-2.

Le coulobre de Lalinde

Contes de Dordogne, Michel Cosem, Fanlac Ed., 2003.

L'homme qui n'avait pas peur

Contes et racontes du pays de Rocamadour, Abbé Jean Lafon, Tertium Ed., 2015.

Le basilic de la rue du Mirail

Contes et Légendes du Vieux Bordeaux, Michel Colle, Ed. Pimientos, 2014.

Contes populaires de la Gascogne, Jean-François Bladé, Maisonneuve Ed, Paris, 1886.

La Dame Blanche du Médoc

Une légende médocaine, par Simone Casabon (site www.medoc-actif.eu)

Lou très Bécuts

Contes populaires de la Gascogne, Jean-François Bladé, Ed Auberon, 2008.

La fève et l'ânon

Contes du Périgord, Claude Seignolle, Maisonneuve et Larose Ed., 1996.

Les cloches englouties d'Abjat

Chroniques Nontronaises (revue), Numéro spécial, 2010, Groupe de recherches historiques du Nontronnais.

Chroniques Nontronaises Numéro 9, 1987, « L'affaire de Vaucocour ou le soulèvement d'Abjat en 1640 », Robert Fayemendy.

Le Lébérou, le tac et la ganipote

Contes et racontes du pays de Rocamadour, Abbé Jean Lafon, Tertium Ed.

Contes populaires et légendes de Guyenne et Gascogne, Claude Seignolle, Presses de la Renaissance, 1976.

Contes populaires de la Grande Lande, Félix Arnaudin, Ed. Confluences, 1994.

« Saint-Christophe au risque des galipotes », Jean-Loïc Le Quellec, *Revue Mythologie française*, 2008, n° 233, pp.21-39.

Êtres fantastiques des régions de France, Contributions réunies par Daniel Loddo, Jean-Noël Pelen, L'Harmattan, 2001.

Une veillée de tous les diables

Contes et Légendes des Landes, Dr Jean Peyresblanques, Ed. Atlantica, 1999.

Contes et Légendes de Guyenne et de Gascogne, Claude Seignolle, Presses de la Renaissance, 1976.

Le Drac de l'Océan, la belle et la sirène du Bassin

Contes et légendes des Landes, de la mer et du vent, Charles Daney, Éditions Loubatières, 2003.

Contes populaires de la Gascogne, Jean-François Bladé, Ed. Maisonneuve frères et C. Leclerc, 1886, p. 227.

L'Agenaise aux trois soupirants

Contributions au folklore érotique, Tome III. *Contes Licencieux d'Aquitaine*, recueillis par Galiot et Cercamons, Kleinbonn Ed., 1907.

TABLE

Conception graphique et mise en pages : Soft Office

Cet ouvrage a été imprimé en octobre 2025
par CPI Bussière à Saint-Amand-Montrond
pour le compte des éditions Grasset
61, rue des Saints-Pères, 75006 Paris
info@grasset.fr

PAPIER À BASE DE FIBRES CERTIFIÉES

Grasset s'engage pour l'environnement en réduisant l'empreinte carbone de ses livres. Celle de cet exemplaire est de :
300 g éq. CO_2
Rendez-vous sur www.grasset-durable.fr

N° d'édition : 23715 – N° d'impression : 2087639
Dépôt légal : novembre 2025
Imprimé en France